读者丛书

DUZHE CONGSHU

将春天捧在手心

读者丛书编辑组 / 编

读者出版传媒股份有限公司
甘肃人民出版社

甘肃·兰州

图书在版编目（CIP）数据

将春天捧在手心 / 读者丛书编辑组编 . -- 兰州 ：
甘肃人民出版社，2022.11（2024.4重印）
ISBN 978-7-226-05838-1

Ⅰ . ①将… Ⅱ . ①读… Ⅲ . ①散文集 — 中国 — 当代
Ⅳ. ①I267

中国版本图书馆CIP数据核字（2022）第099372 号

出 版 人：刘永升
总 策 划：刘永升　马永强　李树军
项目统筹：宁　恢　高茂林
策划编辑：高茂林
责任编辑：李青立
助理编辑：李舒琴
封面设计：裴媛媛

将春天捧在手心
JIANG CHUNTIAN PENG ZAI SHOUXIN

读者丛书编辑组　编

甘肃人民出版社出版发行
（730030　兰州市读者大道568 号）
三河市嵩川印刷有限公司印刷

开本 710毫米×1000毫米　1/16　印张 15　插页 2　字数 188千
2022年11月第1版　　2024年4月第2次印刷
印数：3 001~8 000

ISBN 978-7-226-05838-1　　定价：39.00元

目 录
CONTENTS

1

二十年的派克钢笔

秦嗣林

　　1988年，一个再寻常不过的下午，我一如既往在铺子里忙日常事务。一位老先生推开大门走了进来，颤巍巍地从怀里掏出一支派克钢笔，表明要典当。派克钢笔原产于美国，在20世纪五六十年代曾盛行一时，是一种身份的象征。

　　我端详着眼前这位老先生，他年近古稀，有一种不同于他人的文人气质，说话时有浓重的山东口音。感觉投缘，我便请老先生到办公室里坐着歇腿，沏壶茶请他喝。一坐定，老先生就将钢笔递给我。在灯光下，笔身现出因长期在指间被摩挲而特有的光亮，虽然有些磕碰的痕迹，但还是看得出使用者的爱惜之心。再转到背面，只见笔杆上面刻着"杨老师惠存"5个字。

　　一问才知，眼前这位老先生就是杨老师。我一听他是位老师，而且还是山东老乡，亲切感油然而生，忍不住多聊了一会儿，便又接着问他："为什么要当这支钢笔？"

杨老先生回答说："我年事已高，眼力也不好，没办法写东西了。与其让它闲置身边，不如换一点钱。如果传到有缘人手上，至少可以拿它写写字，钢笔的生命也得以延续。"

问明前因后果，我感佩杨老先生爱惜文具的读书人个性。虽然一支老旧的派克钢笔值不了多少钱，而且被人买走的概率也不大，但我还是马上写好当票，将典当的800元交给他。

由于杨老先生无意赎回，所以3个月后，这支钢笔自然流当了。我把钢笔从库房里拿出来，擦拭干净后，放进门市部的玻璃展示柜中。那是铺子的流当品陈列区，专门摆放没人赎回的商品，等待其他顾客的青睐。一般来说，流当品可简单分为两种：一种是市场接受度高的物品，例如相机、手表、电器等，这类商品通常会被专收二手商品的商贩买走；另一种是各路商贩都缺乏兴趣的商品——虽然派克钢笔算是名牌产品，但是没什么与众不同的设计，甚至有人说收钢笔不如收个打火机实用。

那方小柜，虽名为展示柜，实则十分简陋——一方面是因为流当品陈列柜不够显眼，一方面也是因为里头其实没什么值钱的东西，自然比不上百货公司的橱窗引人注目、光鲜亮丽。一年多下来，别说卖掉，连一个询问派克钢笔的客人都没有，渐渐地，我也忘了这支钢笔的事。

某日下午5点多，有位先生恰巧在当铺门口的公交车站等车，闲着没事四处张望，赶巧儿就瞄到流当品展示柜。他定睛看了一会儿，马上走进店里问："老板，柜子里的那支钢笔可不可以拿出来看一下？"我说："当然可以！"从外表和谈吐推测，他应该是位读书人，我便招呼他到办公室里坐会儿。

他拿起钢笔反复细看，愈看，表情愈复杂。看到笔杆上的题字时，他突然神色大变，激动地流下泪来，哽咽着问："请问当这支笔的人，是不是杨某某老师？"一个大男人在我面前流泪，吓得我赶紧翻阅典当记录。果真，典当人的名字正如他所说。读书人一听，情绪更激动了，一时间涕泪俱下。我一面劝他喝点茶稳定一下情绪，一面问他到底想起了什么伤心事。他擦了擦涕泗交流的脸，娓娓道来。

"我爸爸是个伐木工人，每天用劳力换取家里的开销。但在我读高三时，爸爸因为发生意外不幸去世，家里顿失经济支柱，妈妈只好出去打零工。眼看联考即将来临，而妈妈的收入有限，实在无法养家。为了维持家计，我只有放弃学业一途。

"当年，杨老师教了我们一年的国文课。他知道我的境况后，不愿看我就此失学，竟然执意帮我出学费，坚持要我把高中读完。我拼命念书，最后终于考上大学，后来也当了老师，总算没辜负杨老师对我的期望。

"虽然杨老师只教了我们一年，但是同学们对他印象很深。他的山东口音特别重，第一次上课时，全班没人听得懂他在讲什么。一段时间之后，同学们习惯了他的口音，才发现老师的学问底子十分深厚，能把枯燥的古文讲得生动有趣。

"高中毕业时，全班凑钱送了老师一支钢笔，就是我手上这一支。"

我听完他的故事不禁动容，没想到一支看起来毫不起眼的派克钢笔竟然包含了一段跨越20年的师生情谊。

读书人问我钢笔要卖多少钱，他想将它赎回。我听了连忙摇手说："这支钢笔对你意义重大，你要给我钱，我也不知道怎么收啊！我送给你得了。"接着，我又找出一年多前杨老师登记的地址，嘱咐他有空赶紧去探望老师，好好叙叙旧。

最后，这位读书人还真的找到杨老师，甚至召集了三十几位受过杨老师教诲的学生举办了同学会兼谢师宴，还特地邀请我去参加。当天的场景温馨感人，我至今难忘。

现在回想起来，这一切真是巧合得不可思议。我的流当品展示柜非常不显眼，不但又小又旧，也不常擦拭，而且里面摆的东西种类繁杂，不仔细看还真看不出个名堂。但这位读书人路过店门口，随意瞧了两眼，居然一眼就认出那支20年前送出的毫不起眼的派克钢笔，要知道，上头的题字可是在背面哪！

杨老师当年的春风化雨，让这位读书人有机会继续深造，也影响与改变了他的一生。而读书人也是性情中人，要不是他始终感念老师的扶助，恐怕也没有机会重叙他们20年前的师生情谊。

人生的际遇充满数不清的偶然，这些偶然往往都有其美好的一面，但并不是所有人都能感受到。唯有心怀善良、懂得感恩，才能让这样的偶然圆满，就像杨老师与学生20年后还能重逢的情谊和缘分一样。

（摘自《读者》2018年第7期）

初中毕业后

贾平凹

没有典礼，没有仪式，班主任将一张白里套红的硬纸递给我，说："你毕业了。"

我看着硬纸，上面写着：贾平娃，男，14岁，在我校学业期满，准予毕业。1967年8月。

眼下是1968年，领的却是1967年的毕业证，我毕的是什么业？即使推迟了一年，可我的数学仅仅只学到方程。

我当下就委屈地哭了。4年前，我到这里参加考试的时候，一走出考场，在大门外蹲着的父亲和小学老师一下子就把我抱起来，父亲是一早从40里外的邻县学校赶来的，他的严厉使我从小就害怕他。他问起我的考试情况，得知一道算术题因紧张计算错了时，就重重地打了我一个耳光；又问起作文，我嗫嗫讷讷复述了一遍，他的手又伸过来，但他没有打耳光，却将我的鼻涕那么一擦，夸了句："好小子！"当我的成绩以第三名出现在分数榜上时，一家人欢喜得放了鞭炮，我也因此得到了父亲特地为我买的一支钢笔。初入学的一年半里，我每个星期日的下午，背着米面，提着酸菜罐子到学校去，在那条沙石公路上，罐子被打碎过6次。我保留着6条罐子系带，梦想着上完初中，上高中，上大学，做一个对社会有贡献的人……

班主任一直把我送到了校外的公路上。我是他的得意门生，在校的时候，规定每周做一次作文，而我总是做两次让他批改。他抚摸着我的头，从怀里掏出一本三年级的语文课本，说："你带着这本书吧。你还有一本作文，就留在我这儿作个纪念吧。回去了可不敢自己误了自己，多多地读些书最好。"

我走掉了，走了好远回过头，老师还站在那里，瞧见我看他，手又一次在头顶上摇起来。

从此，我成了一个小农民。

我开始使用一本劳动手册。

清早，上工铃一响，就得赶紧起来。脸是不洗的，头发早剃光，再用不着梳理，偷偷从柜里抓出一把红薯干片儿装在口袋里，就往大场上跑——队长在那里分配活儿，或者是套牛，或者去割草。天黑了，呼呼噜噜喝三碗糊糊饭，拿着手册去落工，工分栏里满写着"3分"。那时候，队里穷极了，一个工分工钱是2分5厘，这就是说，我一天的劳动报酬是7分5厘钱。

父亲夜里从学习班回来睡觉。一到村口，他就要摘下带着黑帮字样的白袖标。天明走时，一出村就又戴上。他教了一辈子书，未经过什么大事，又怕又气，人瘦得失了形。每次出门，他都要亲亲我们，对娘说："要真的不能回来，你不要领平儿他们来，让人捎一床被子就是了。"

说罢，一家人都哭了。娘总要给他换上新洗的衣服；父亲剪下领口的扣子，防止被绳索捆绑时，那扣子会勒住脖子。父亲一走，娘就抱着我们哭。但去上工的时候，娘一定要我们在盆子里洗脸，不许一个人红肿着眼睛出去。

秋天，被开除公职的父亲回来了。他到家的那天，我正在山坡红薯地里拔草，闻讯赶回来，院子里站满了人，一片哭声。我门槛跨不过去，浑身就软得倒在地上。娘拉我到了小房里，父亲睡在炕上，一见我就死死抱住，放声大哭："儿呀，我害了你啊！我害了我娃啊！"

我从未见父亲这么哭过，害怕极了，想给他说些什么，又不知道该怎样说，只是让父亲的眼泪一滴一滴落在我的脸上。

家里家外一切重担全都落在了娘的身上。多年的饥寒交迫、担惊受怕，使她的身子到了极端虚弱的地步，没过多久，胃病就发作了。每次犯病，娘就疼得在炕上翻来覆去。我和弟弟祈求过神明，跪在村后河湾处一座被拆除了的小庙旧址上，叩着一个响头又一个响头。

家里什么都变卖了。那支上中学时买的钢笔，却依然插在我的口袋里。村里人都嘲笑我，但我偏笔不离身：它标志着我是一个读过书识过字的人，是一个教师的儿子！每天夜里，我和父亲就坐在小油灯下，他说，我记，我们写着一份一份"翻案"状子。娘看着我，说："平儿的书没白念呢！"

父亲就对我说："吃瞎穿瞎不算可怜，肚里没文化，那就要算真可怜。你要调空读读书，不管日月多么艰难，咱这门里可不能出白丁啊！"

我记着父亲的话，开始读起我过去学过的课本，读起父亲放在楼上的几大堆书来。每天中午收工回来，娘还未将饭做熟，我就钻到楼上，在那里铺一张席，躺着来看书。楼上很热，我脱得赤条条的，开工铃响了，爬起来，那席上就出现一道湿湿的人字形的汗痕。

受饥荒的时期，我们开始分散人口：娘带着小妹到姨家去，弟弟到舅家去，我和父亲守在家里看门。

夜里不吃晚饭，父亲说："睡吧，睡着就不饥了。"睡一会儿却都坐起来，就在那小油灯下，他拿一本书，我拿一本书，一直看到半夜。

我终于没有在那个困难时期沉沦下去，反倒更加懂事，过早地成熟了。如今还能搞点文学，我真还感激那些岁月的磨炼。有人讲作家的"早年准备"和"先决条件"，对于我来说，那就是受人白眼所赐予的天赋吧。

（摘自《读者》2017年第8期）

蚕 儿

陈忠实

从粗布棉袄里撕下一疙瘩棉花，摊开，把一块缀满蚕子儿的黑麻纸铺上，包裹起来，装到贴着胸膛的内衣口袋里，暖着。在老师吹响的哨声里，我慌忙奔进教室，坐在课桌旁，把书本打开。

老师驼着背走进来，侧过头把小小的教室扫视一周，教室里顿时鸦雀无声。

"其他年级写字，二年级上课。"

老师把一张乘法口诀表挂在黑板上，领我们读起来："一六得六……"

我念着，偷偷摸一下胸口，那软软的棉团儿，已经被身体暖热了。我想把那棉团儿掏出来看看，但瞧瞧老师，那一双眼睛正盯着我，我立即挺直了身子。

一节课后，我跑出教室，躲在房檐下，展开棉团儿，啊呀，出壳了！

在那块黑麻纸上，爬着两条蚂蚁一样的小蚕，一动也不动。我用一根鸡毛把小蚕儿粘起来，轻轻放到早已备好的小铁盒里。再一细看，有两条蚕儿刚刚咬开外壳，伸出黑黑的头来，那多半截身子还卡在壳儿里，吃力地蠕动着。

上课的哨声响了。

"二年级写字。"

老师给四年级讲课了。我揭开墨盒。那两条小蚕儿出壳了吧？出壳了，千万可别压死了。

我终于忍不住，掏出棉团儿来。那两条蚕儿果然出壳了。我取出鸡毛，揭开小铁盒。

"哐"，头顶挨了重重的一击，眼里直冒金星，我几乎从木凳上翻跌下去。老师背着双手，握着教鞭，站在我的身后。慌乱中，铁盒和棉团儿都掉在地上了。

老师的一只大脚伸过来，一下踩扁了那个小铁盒；又一脚，踩烂了包着蚕子儿的棉团儿。我立时闭上眼睛，那刚刚出壳的蚕儿啊……教室里静得像空寂的山谷。

过了几天，学校里来了一位新老师，一、二年级被分给他教了。

他很年轻，站在讲台上，笑着介绍自己："我姓蒋……"捏起粉笔，在黑板上写下他的名字，"我叫蒋玉生。"

多新鲜啊！四十来个学生的小学，之前只有一位老师，称呼中是不必挂上姓氏的。新老师自报姓名，无论如何算是一件新奇事。

那天，我爬上村后那棵老桑树摘桑叶，慌忙中松了手，摔到地上，脸上擦出血了。

"你干什么去了？脸上怎么弄破了？"蒋老师吃惊地问。我站在教室门口，低下头，不敢吭声。

他牵着我的胳膊走进他住的小房子，从桌斗里翻出一团棉花，又在一只小瓶里蘸上红墨水一样的东西，往我的脸上涂抹。我感到伤口很疼，心里却有一种异样的温暖。

"怎么弄破的？"他问。"上树……摘桑叶。"我怯生生地回答。

"摘桑叶做啥用？"他似乎很感兴趣。"喂蚕儿。"我也不怕了。

"噢！"他高兴了，"喂蚕儿的同学多吗？""小明、拴牛……"我举出几个人来，"多咧！"

他高兴了，笑眯眯的眼睛里，闪出活泼而好奇的光彩，"你们养蚕干什么？"

"给墨盒儿做垫子。"我话又多了，"把蚕儿放在一个空盒里，它就网出一片薄丝来了。"

"多有意思！"他高兴了，"把大家的蚕养在一起，搁到我这里，课后咱们去摘桑叶，给同学们每人网一张丝片儿，铺墨盒，你愿意吗？"

"好哇！"我高兴地从椅子上跳下来。

于是，他领着我们满山沟跑，摘桑叶。有时候，他在坡上滑倒了，青草的绿色液汁粘到裤子上，也不在乎。

三天之后，有两三条蚕儿爬到竹笭沿儿上来，浑身金黄透亮，扬着头，摇来摆去，斯斯文文地像吟诗。它要网茧儿咧！

老师把一个大纸盒拆开，我们帮着剪成小片，又用针线串缀成一个个小方格，把已经停食的蚕儿提到方格里。

我们把它吐出的丝儿压平，它再网，我们再压，强迫它在纸格里网出一张薄薄的丝片来。老师和我们，沉浸在喜悦的期待中。

"我的墨盒里，就要铺一张丝片儿了！"老师高兴得像个小孩，"是我教的头一班学生养蚕网下的丝片儿，多有意义！我日后不管到什么地方，一揭墨盒，就看见你们了。"

可没过多久，老师却被调走了。他说："有人把我反映到上级那儿，说我把娃娃惯坏了！"

我于是想到村子里的许多议论来。乡村人看不惯这个新式先生——整天和娃娃耍闹，没一点儿先生的架势嘛！失了体统嘛！他们居然不能容忍孩子喜欢的一位老师！

三十多年后的一个春天，我在县教育系统奖励优秀教师的大会上，意外地碰到了蒋老师。他的胸前挂着"三十年教龄"的纪念章，金光给他布满皱纹的脸上增添了光彩。

我从日记本里给他取出一张丝片来。

"你真的给我保存了三十年？"他吃惊了。

哪能呢？我告诉他，我中学毕业以后，回到乡间，也在那所小学里教书。当老师的第一个春天，我就和我的学生一起养蚕儿，网一张丝片，铺到墨盒里。无论走到天涯海角，我都带着踏上社会的第一个春天的"情丝"。

蒋老师把丝片接到手里，看着那一根一缕有条不紊的金黄的丝片，两滴眼泪滴在了上面……

（摘自《读者》2015年第20期）

我要那么多钱做什么

袁隆平

我稍有点名气之后，国际上有多家机构高薪聘请我出国工作，但都被我婉言谢绝了。这跟人生观有很大关系。如果为了名利，我早就到国外去了。如联合国粮农组织在1990年曾以每天525美元的高薪聘请我赴印度工作半年，但我认为，中国人口这么多，粮食始终是头等大事，我在国内工作比在国外发挥的作用更大。

20世纪90年代，湖南省曾3次推荐我参评中国科学院学部委员，即现在的中国科学院院士，可我3次都落选了。当时有人说，我落选比人家当选更轰动。但我认为，没当成院士没什么委屈的。我搞研究不是为了当院士，没评上说明水平不够，应该努力学习；但学习是为了提高学术水平，而不是为了当院士。

有一个普通农民，年轻时对饥饿有切肤之痛，后因种植杂交水稻而改变了缺粮的状况。为了表达对我的感激之情，他写了一封信请求我给他提供几张不同角度的全身照片，说要给我塑一尊汉白玉雕像。在回信中，我这样写道："谢谢你的好意，请你千万不要把钱浪费在什么雕像上，我建议你把钱用到扩大再生产上去。请你尊重我的意见，并恕我不给你寄照片。"尽管我再三拒绝，但那个朴实的农民还是为我塑了一尊雕像。有人问我见过那尊雕像吗，我笑道："我不好意思去看。"

至于荣誉，我认为它不是炫耀的资本，也不意味着"到此为止"，那是一种鼓励，鼓励你继续攀登。

我对钱是这样看的：钱是要有的，要生活，要生存，没有钱是不能生存的。但钱的来路要正，不能贪污受贿，不要搞什么乱七八糟的事情。另外，有钱是要用的，有钱不用等于没有钱。该用就用，但是不挥霍不浪费，也不小气不吝啬。够平常开销，再小有积蓄就行了。拿那么多钱存着干什么？生不带来，死不带去。

有个权威的评估机构评估，我的身价是1008亿。要那么多钱做什么？那是个大包袱。我觉得现在很好，不愁生活，工资够用，房子也不错。要吃要穿都够，吃多了还会得肥胖症。我从来不讲究品牌，也不认识名牌。当然，也可能是因为我皮肤粗糙，感觉不出好坏来。我觉得只要穿着合适、朴素大方就行，哪怕几十块钱一件都行。我之前最贵的西装是到北京领首届最高科技奖前，抽空逛了回商场，买的打折后七八百块钱一套的西装，还是周围同事叨咕了半天才买的。

我不愿当官，"隆平高科"让我兼任董事长，我嫌麻烦，不当。我不是做生意的人，又不懂经济，对股票也不感兴趣。我平生最大的兴趣在于杂交水稻研究，我不干行政工作就是为了潜心搞科研。搞农业是我的职业，离开农田我就无所事事，那才麻烦。有些人退休之后就有失落感，如果我不能下田了，我就会有失落感，那我做什么呢？我现在还下田。过去走路，后来骑自行车，再后来骑摩托车，现在我可以开着小汽车下田了。

学农有学农的乐趣！只要有追求、有理想、有希望，就不会觉得苦！我们研究水稻，要待在水田里，还要在太阳底下晒，工作是辛苦点。20世纪六七十年代生活很苦，吃不饱，但我觉得乐在苦中，因为有希望、有信念。我认为粮食是最重要的战略物资，所以我觉得我的工作是非常有意义的，对国家、对百姓都是大好事。我现在身体还不错，老骥伏枥，壮心未已。我还要迎接新的挑战，向新的目标迈进。

（摘自《读者》2019年第23期）

掌中宝玉

林清玄

一位想学习玉石鉴定的青年，听说在远处有一位年老的玉石家，他就不远千里去向老师傅学艺。

当他见到老师傅时，说明了自己学玉的志向，希望有一天能像老师傅一样成为众人敬仰的专家。老师傅拿出一块玉给他，叫他捏紧，然后开始给他上中国的历史课程，从三皇五帝夏商周开始讲，讲了几个小时，却一句也没有提到玉。

第二天他去上课，老师傅仍然交给他一块玉叫他捏紧，又继续讲中国历史，一句也不提玉的事。就这样，光是中国历史就讲了几个星期。接着，他向年轻人讲中国的风土人情、哲学思想，甚至生命情操，除了玉石的知识之外，老师傅几乎什么都讲授了。

而且，每天他都叫那个青年捏紧一块玉听课。

经过几个月，青年开始着急了，因为他想学的是玉，没有想到却听了一大堆与玉"无关"的东西。有一天，他终于鼓起勇气，想向老师傅表明，请老师傅开始讲玉的学问。

他走进老师傅的房间，老师傅仍像往常一样交给他一块玉，叫他捏紧，正要开始谈天的时候，青年大叫起来："老师傅，您给我的这一块，不是玉！"老师傅笑着说："你现在可以开始学玉了。"

这是一位收藏玉的朋友讲给我听的故事，有非常深刻的启示。对于学玉的人，要想成为玉石专家，不能光看石头本身，因为玉石与中国文化是不可分的，没有深厚的文化素养，不可能懂玉。所以老师傅不先教玉，而是先做文化通识的教化。其次，进入玉的世界的第一步，是分辨是不是玉，这种分辨不只是知识的累积，常常是直觉的反应。

如果我们把这个故事往人生推进，也可以找到许多深思的角度，一是学习任何事物而成为专家都不是容易的事，必须经过很长时期的训练。二是在成为专家之前，需要通识教育，如果作为中国专家，就要先对历史、人文、哲学、思想、性格有基本的识见，否则光是懂一些普通技术有何意义？三是成为专家的第一步，应该有基本的判断，有是非之观、明义利之辨、有善恶之分，就如同掌中的宝玉，凭着直觉就知道为与不为，这才可以说是成为知识分子的第一步了。

这世界上任何有价值的智慧，都不是老师可以一一传授的，完全要依靠自己的体会。老师能给我们宝玉，能不能分辨宝玉却要靠自己，那是因为宝玉不仅在掌中，也在心中。

每个人的心灵里都有一块宝玉，只是没有被开发，大部分的人不开发自己的宝玉，却羡慕别人手上的玉，就如同一只手隐藏了原有的玉，又伸手向别人要宝物一样，最后就失去了理想的远景和心灵的壮怀。

所以，每天把自己的玉捏一捏，久而久之，不但能肯定自己的价值，也能发现别人的美质，甚至看见整个世界都有着玉石与琉璃的质感。

（摘自《读者》2016年第9期）

阅读记

李　娟

　　我上小学一年级时，有一天捡到一张旧报纸。闲来无事，就把自己认得的字挨个念了出来，竟然发现它们连缀出一句自己能够明白的话语，大为震动。那种震动直到现在我还能清晰记得，好像写出文字的那个人无限凑近我，只对我一个人耳语。这种交流是之前在家长、老师及同学那里从不曾体会过的。那可能是我最初的一场阅读，犹如小鸡在坚硬蛋壳上啄开的第一个小小孔隙。

　　阅读为我打开了通向更大也更黑的世界的一扇门。从此只要是印有汉字的东西，我都如饥似渴地阅读。我的阅读物最大的来源是捡垃圾的外婆拾回家的旧报纸。邻居家则是我最渴望的去处，他家有一个书架，密密麻麻的书籍对我来说无异于阿里巴巴发现的宝藏。可惜他家总是不被允许进入。每年新学期开学是我最快乐的时候，往往不到两个星期，我就读完了整学期的课文内容。

上小学三年级时，我转学到了新疆，和妈妈一起生活。那时妈妈单身，正在考虑结婚。当时她有两个追求者，她向我征求意见。我怂恿她选择其中一个，却没说出真实原因：那人家里也有一个摆满书的书架，令我神往。很快我如愿以偿，却害苦了我妈。那人嗜酒，往后有八年的时间我妈陷入混乱的人生。后来我发现那些书其实全是装饰品，没啥靠谱的内容。

小学四年级那年我妈开始做收购废纸的生意。所谓废纸，大都是书籍和报纸。怕淋雨，专门腾了一间房子堆积。于是那个暑假我幸福极了，天天从那间房子的窗户爬进去（门锁着，我妈不让我随便出入），躺在快要顶到天花板的书山上看书。那才是真正的书山啊！我扒出一个舒适的书窝，蜷进去，左手取本书一翻，不行，往右边一扔；再一本，还行，翻一翻，扔了；下一本，不错，美美地看到天黑……只可惜，我妈的收购生意很快就倒闭了。

六年级时回到四川，我发现了全城最幸福的一处所在：公园里的租书摊。那可比买书划算多了！于是整个暑期，我每天跟上班一样风雨无阻地出现在那里。夏天结束时，摊位上差不多所有书都被我看完了。

上初中后，学校有小型的图书馆，能借阅到一些文学经典及报纸期刊。此外，帮同学做值日的话，也能借到他们的书看。

全部是毫无选择的阅读，而我全然接受，鲸吞海纳。然而，阅读的海洋中渐渐升起明月。能记得的语句如暗流涌动，认准一个方向推动小船，扯动风帆。而忘记的那些，则是大海本身，沉静地起伏——同时也是世界本身。我想这世界其实从来不曾在意过谁的认可与理解吧。它只是存在着，撑开世界应有的范围。

直到现在，我对阅读也并不挑剔，只要不是特别枯燥，就能看下去。

而且以我如今的年龄论，阅读的意义已经不只是汲取养分、增加知识、领略愉悦之类了。看到一本好书固然觉得幸运，遇到烂书也并不排斥。况且烂书带给人的思考空间同样巨大：何以烂？何以不能避免烂？都烂成这样了为什么还能令人接着往下看？还有那些没啥天赋的作者，他们的视野、他们的态度、他们的奢望、他们的努力……历历在目。看多了，也就渐渐熟悉了，理解了，并且原谅了……阅读不但带来共鸣的乐趣，而且带来沟通的乐趣。

对了，之前说的都是少年时期的阅读，那么后来呢？惭愧，后来几乎不怎么读书了，有各种原因。直到这几年才重新开始大量地读。而且，对现在的我来说，阅读这件事已经渗透到日常生活之中，成为习惯了。什么都是"读"，什么都是学习与获得。世态百相、人间万状，阅读没法停止。我仍稳稳当当行进在当年的航道上，明月已经升至中天。当我再次拿起一本书的时候，总感觉一切才刚刚开始。当年的耳语者还不曾走开，只对我一个人透露唯一的秘密。

（摘自《读者》2017年第20期）

想要迷路的冲动

杨 照

星期二的下午，天快黑了，我提着琴盒从雷老师家走出来。那是我年少时记忆中最甜美的时光。

离下一次琴课，还有整整一个星期。我快步走着，离雷老师家愈远，肩上刚刚被打的地方，痛楚就愈来愈模糊，然而奇怪的是，雷老师说的话，反而愈来愈清楚。

通常我不会走对的路、直的路回家。我绕过吉林路，穿越民权东路，再转德惠街，从那边过桥，远远看到统一大饭店的白色建筑外表，在林森北路路口的庙前看一阵水池里的鱼，尽量延长这段如释重负的快乐时光。

一般都是在吉林路上，我才开始明了前一个小时上课时，究竟发生了什么事。那应该是我小时候最奇特的个人体验吧！明明上课时我就在老师家，就在那里当场看着、听着，然而或许是因为总是紧张提防着老师突如其来的脾气和冷不防抽在肩上的琴弓，我从来没办法就在那里直接、明确地理解。我的眼睛、耳朵成为记录器，先记录储存下来，等到离开现场，走出足够安全的距离，那些被记录储存下来的影像与声音，才在脑海中播放。

透过脑海中播放的影音，我才知道，雷老师刚刚发了好大一顿脾气，是针对我弓尖的运用。我总是将本来该用弓尖表现的地方，改成中弓。我实在分辨不出弓尖呈现的优雅干净与中弓带来的平庸规矩，其效果是如何的天差地别。

雷老师的教学很具体，却又很疏离。不满意他就打，可是他从来不打我的手。他从来没有，一次都没有，碰我的手是矫正我的姿势。他会示范，但在示范前，他一定会说："耳朵打开！"他示范的是声音，而不是动作。他不要我学他的动作，他说："我不管你怎么拉，反正要拉出这样的声音来！"

雷老师讨厌"标准动作"，他冷冷地说："在维也纳，我从来没看见过两个人拉琴动作是一样的。"他甚至不太在意弓法。我拉的过程中不小心用错了上下弓，他都不怎么管，他有他的说法："反正如果将来要去乐团，会有首席帮你标指法、弓法。"可是他在意声音，在意得不得了。每次翻开一首新曲乐谱，雷老师都会不厌其烦，一定重新问一次："什么是'声音五要素？'"我也必然复诵："音高、音量、速度、音色和方向。"

拉琴之前，我必须看清楚乐谱上这五项元素的要求，前面三项不难，难在音色与方向。弓尖的运用，牵涉到音色，也牵涉到方向。雷老师再说一次："弓根可以发出雄厚有力的音色，中弓稳定沉着，可是只有弓尖可以优雅飘逸。音色的变化，有其方向，从哪里往哪里发展，变化错了，就迷路了！"

　　上课中，雷老师原来说了那么多次"你迷路了！"，走在吉林路上，我才意识到。

　　该由粗而细的音色变化没表现出来，老师说："你迷路了！"该从狂风暴雨中毅然脱身进入神圣教堂的剧烈转折没表现出来，老师也说："你迷路了！"原来在音乐的领域里，我是个东奔西撞的"路痴"。

　　我也才意识到，刚刚老师花了好多时间，跟我解释什么是方向性。方向性是古典主义时期音乐最大的突破。光是为了这件事，我们就都该去海顿的坟前磕头，因为是他最早写出方向感强烈而清晰的音乐。巴洛克时期的音乐，是平面的，古典时期则变得立体。海顿之后，没有任何一个乐句可以没有方向。从强到弱，或从弱到强，这是最基本、最简单的方向。还有和声走向，是另一个简单的方向。由松而紧，或由紧而松，不可能停着不动。要走，要分辨出来怎么走，从哪里走到哪里，音乐性的差别就在方向感。

　　老师问我懂不懂，我笨笨地回答："不能在原地不动。"老师叹了一口气，还是说了："不管你现在懂不懂，给我记下来，音乐最怕的是无头苍蝇般乱飞，没人知道你要去哪里，最怕的就是找不到路，就是迷路，迷路就完了，知道吗？"

　　我走在吉林路上，耳边都是雷老师平静严肃的话语："迷路就完了，知道吗？"我望着前面，熟悉的街角、熟悉的房舍，突然感到极度的不耐烦，突然对于"迷路"这件事有了高度的兴趣。我反复探索，还真的不曾有过迷路的慌张恐怖的感受，怎么可能，一个在音乐上一直迷路找不到方向的人，竟然没有在现实的街道上迷路？

　　刚跨过民权东路，我停在下一个巷口，探头看看，确信那是我不曾走过的巷子，于是义无反顾地转进去，希望这条路会通往某个神秘陌生、难以辨认的地方。

（摘自《读者》2021年第1期）

我在大学学到的十样东西

冯 唐

2014年春夏之交，我受协和邀请，去协和医学院有近百年历史的小礼堂，给小我20岁的师弟师妹们讲协和传统。我使劲儿想，协和8年的大学教育，让我学到了什么。我觉得我在协和学到了十样东西。

一、系统的关于天、地、人的知识

我在北大上医学预科时，学了六门化学，和北大生物系生物化学专业学得一样多。学了两门动物学，无脊椎动物学和有脊椎动物学。我第一次知道了鲍鱼的学名叫石决明，石头、决断、明快。学了一门被子植物学。还学了各种和医学似乎毫不相关的东西，包括微积分。

在中国医学科学院基础所学基础医学，当时学了大体解剖、神经解剖、病理、药理等，从大体到组织再到基因，从宏观到微观都过了一遍。

在协和医院学临床，内、外、妇、儿、神经诸科都过了一遍。

现在回想起军训、北大、基础、临床，我常常问自己一个问题：学这些东西有什么用啊？

第1点用途，更大范围地了解人类，了解我们人类并不孤单。其实我们跟鱼、植物甚至草履虫都有很多相近的地方，人或如草木，人可以，甚至应该偶尔"禽兽"。

第2点用途，所有学过的知识，哪怕基本都忘了，如果需要，我们知道去哪里找。因为我们学过，我们知道这些知识存在，我们就不容易狭隘。不狭隘往往意味着不犯傻。

第3点用途，知道不一定所有东西都需要有用。比如当时学植物，我还记得汪劲武教授如何带着我们上蹿下跳，在燕园里看所有能找到的植物。后来我读到一句诗："在一个春天的早上，第一件美好的事，是一朵小花告诉我它的名字。"

二、知之为知之，不知为不知的态度

先要承认自己的无知和无能。学《西氏内科》的时候，老师反复强调，有80%的病不用管，自然会好。这反而映衬出我们对很多疾病并不完全知道成因，并不确定什么治疗方法有效。比如SARS，到现在也不清楚它为什么出现、为什么消失，也不确知以后会不会再次出现。

导师郎景和讲过一个故事，有个妇科大夫曾对他说："郎大夫，我做过很多妇科手术，从来没有下不来台，没有一个病人死在我的手术台上。"

郎老师讲到这里停了停，对我说："尽管有些残忍，我还是要告诉你人生的真相。人生的真相是，你手术做得还不够多。"

三、以苦为乐的精神

学医很苦。协和有位老教授说，原来协和的校训是"吃得苦中苦，方为人上人"，后来到现在了，校训只剩前半句，"吃得苦中苦"。我做医学院学生的时候，那些大我三四十岁的老教授，早上7点之前，穿戴整齐地站在病房里查房，我再贪酒、再好睡，都不好意思7点之后才到。

四、快速学习一切陌生学科的能力

最开始学神经解剖学的时候，协和医院内科主任以过来人的身份给我们鼓劲儿。我问："颅底10个大孔，您还记得哪个是哪个吗？哪个都有哪根神经、哪根血管穿过吗？"他当时的回答是："我虽然忘记了一切，但是我学习过，我清楚地知道怎么学习。"

五、热爱实干

实干就是落实到底，把事儿办了。什么是临床？协和的老教授讲，临床就是要"临""床"，就是医生要走到病人床边去，视、触、扣、听。书本永远只是起点而已，难免苍白无力，一手资料永远、远远大于二手资料。

六、追求第一

协和在东单三条方圆这几十亩地，从每年的几十个毕业生、最初的两百多张床位，至今已有近百年历史，这是一部中国现代医学史。没有协和，就没有中国现代医学。如果问协和门口的病人，为什么非要来协和，病人常常会说，来过协和就死心了。病人和死亡之间，这是最后一关和唯一一关，所以这一关必须是最好的、最牢固的。这是荣耀，也是责任和压力。

七、项目管理

所谓项目管理，就是在有限的时间、人力、物力下，把事情做成。在协和8年，尽管功课很忙，又忍不住看小说，我还是做了北大生物系的学生会副主席和协和的学生会主席。寒暑假基本没闲着，看小说之外的精力，都用来完成一个个"项目"。

八、与人相处，与人分利

当时的协和，一间宿舍10平方米，放3张上下铺的床，住6个人。当时的协和，一届一个班，一个班30人，一个班只有一个班花。这种环境，教会我如何在资源有限的情况下与人相处，与人分利。

九、抓紧时间恋爱

大学期间，20来岁，你会觉得时间仿佛静止，人永远不会老。但是，这是幻觉。时间过得再慢，也会过去。男生小腹再平坦，也会渐渐隆起或者松弛；女生面颊再粉白细嫩，也会渐渐衰老。大学的时候，班上的学生是很美好的。奉劝各位同学，"花开堪折直须折，莫待无花空折枝"。

十、人都是要死的

在协和八年，集中见识了生老病死，深刻意识到，人终有一死。这似乎是废话，但是，很少有人在盛年认识到这点，更少有人能够基于这个认识构建自己的世界观、人生观和价值观。

因为人是要死的，所以，人不要买自己用不上的房子，不必挣自己花不了的钱。像协和的很多老教授一样，早上在医院食堂吃碗馄饨，上午救救人，下午泡泡图书馆，也很好，甚至更好。

因为人是要死的，所以要常常念叨冯唐说的这句箴言：不着急，不害怕，不要"脸"。

（摘自《读者》2017年第9期）

给梦想留一点隐私

顾文豪

你的梦想是什么？

"笑话，我们那时候根本没有'梦想'这个词！要是每天都能吃饱饭，吃完，碗里还能剩点油水，够我们用开水冲碗汤喝，就觉得很开心很开心了！"我曾经不止一次地问我父亲，他小时候的梦想是什么，但得到的几乎永远是上述的回答。

8年新疆插队，8年江西流窜，15岁就打包行李，坐了三天三夜的火车，离开上海，去他之前一无所知的边疆。

"为什么那么小就舍得离开家？"

"为吃一口饱饭啊。那时我们家五兄弟，几乎每天都要为谁多吃一块饼，狠狠打上一架。"

一口饭，一块饼，一碗汤。有一阵我几乎为这样的答案感到气愤，梦想，难道不该是高级、华丽、金光闪闪的东西吗？难道父亲从来就没有梦想吗？

"你要说完全没有，好像也不是，其实那时每天最大的梦想就是回家，回上海。"

在我的印象里，父亲并不怎么怀念自己艰辛的插队生涯。但我记得清楚，描述当年知青下乡生活的电视剧《孽债》，他看了不下十遍。直到后来我才明白，父亲对这部电视剧如此着迷，并非是对早年的知青生活念念不忘，而是出于一种特别的感觉：他更像是在电视机前，为自己消逝的青春开一场只有他自己参与的追悼会。是的，他最好的时光都扔在了一个不是他自己选定的地方。一个占据你生命太多内容的记忆，就像是一个储蓄罐，除非你敲碎它，不然你永远只能隔着罐子，听到时间模糊的回声。

也是到后来我才明白，为什么每当我问及年轻时的梦想，父亲的回答总是和吃饭有关，因为那关系着身体最本能的反应。即便日后衣食无虞，这种关于饥饿的记忆仍未消失，同时它又和那段记忆开始出现的时间紧密相连。所以当我探问父亲少时的梦想，就像触动了过往记忆的多米诺骨牌，身体的饥饿记忆再度恢复，于是他近乎本能地告诉我他的梦想就是吃一顿饱饭。

但这并不意味着那个回家之梦不够重要。相反，我始终认为，比起吃一顿饱饭，对那时的父亲来说，回家，是一个更遥远、更重大的梦。只是这个梦并不那么直接地和我们的身体发生关系，它藏得更深，甚至时而隐不可见，但如果你不小心触碰到，那么对于回家的渴望绝不亚于多吃一碗饭，来势汹汹，日夜辗转。

从此之后，我逐渐发现，梦想这个词不总是光鲜灿烂的。对生活中的一些人来说，在梦想的背后，很可能是一段并不愉快的生活记忆与从未得到尊重和满足的个人愿望。梦想和缺失，是一枚硬币的两面，有时候，梦想很像是沾了颜料的缺失、抹了调料的苦涩。

从什么时候开始，询问别人内心的梦想，变得跟随口问一句"今天晚上吃什么"一样简单？又是从什么时候开始，我们可以如此轻松随便地跟人闲聊自己的梦想，就像聊一出肥皂剧，或是一次用餐后的点评？

在我有限的看电视经验里，我忽然发现，不论是娱乐节目还是财经节目，似乎每个人都张大了嘴，畅谈自己的梦想。梦想，如同一群群广场鸽，肆无忌惮地扑面而来。"你的梦想是什么"，不再是一句珍贵、轻声的低头细询，而只是一场娱乐演出里的通关口令、一句言不由衷的既定台词、一次说给别人听胜过告诉自己的公关宣传。在这个梦想遍地的时代，我看到的不是梦想的边界变得更宽广，相反，我想，我们面对的是一个梦想膨胀的时代，梦想的泡沫远远超过梦想本身。

M是我的一个非常热爱文学的朋友。他性情温和，带着一点文艺青年可爱的自恋，大多数时候真诚羞涩。我知道他热爱阅读和写作。在拥挤嘈杂的地铁里，M仍旧能专心阅读卡尔维诺的小说。他关注最多的不是本职工作，而是文学与音乐。不止一次，他跟我谈起他最大的梦想，就是有朝一日能够出版自己的作品。我始终记得他讲起这个梦想时的表情，充满期待，不乏坚定，外带一点自嘲和不确定。说实话，在我眼里，他早已是一位写作者了，写作已经不再是他高高悬挂在头上的梦想，而是须臾不离其中的一种生活。在这个对文艺青年痛加嘲讽的时代，M的生活，让我知道这些嘲弄之词的无力与滑稽：拥有精神生活的人是令人嫉妒的，他们的夜晚远比我们想的要丰富完整，那么多文学家、音乐家、哲学家的灵魂，竞相奔赴他的夜晚，川流不息！

　　然而，在一次小范围的朋友聚会上，M却让我深感震惊。在那次聚会上，不知是谁先起头聊起梦想这个话题。大概是行业关系，抑或时下风气，聚会中人谈到的梦想，大多跟风投、融资、成功有关。我这位朋友始终在一旁面带微笑地听着，等到他说话时，他几乎不假思索地说自己的梦想是成为马云那样的人，获得令人艳羡的成功。

　　就在众人纷纷嘲笑他的梦想有点遥不可及时，我却在一刹那有点恍惚，觉得自己似乎并不认识这位朋友。他讲述这个成功之梦时的表情，并没有多少纠结或尴尬，似乎这是他藏诸心间许久的一个梦想，而今天的聚会只是一个小型新闻发布会，我不过是有幸听到这个消息的一分子。很长一段时间，我都很难将热爱写作的他和期待成为马云的他联系起来。坦白说，我并不认为这位朋友放弃了他的文学之梦，在此之后，我们仍旧多次深夜空谈文学，但他怎会如此自然地谈到我从来不曾听过的另一个想法？是我不够了解他，或者其实他也不够了解自己，还是这位温和的文学青年拥有出众的社交能力，非常懂得看人说话，在不同领域的朋友面前说不同的话？如果情况是这样的话，那么跟人谈论自己的梦想，其实无关梦想本身，这更像是一种快速拉近彼此距离的社交技巧，分享相似的梦想不过是另一种形式的暗送秋波，梦想变成了一个光亮的标签，将相似的人聚集在一起。

　　我那7岁的侄女，有一天冷不丁问了我一句："小叔叔，你的梦想是什么呀？"我顿了一顿，告诉她："我的梦想是开一家书店。""怪不得你有那么多书，哈哈哈……"得到满意答案的小侄女转瞬就不知跑到哪里去了。

　　我的梦想是开一家书店吗？似乎是，因为那样大概能解决我对书籍的饥渴之感吧，而且可以按照自己的好恶，邀请朋友来小聚、聊天。但这真的是我唯一的梦想吗？显然不是。那么，当小侄女问我的时候，我怎么就给了她这么一个答案？是我对她敷衍了事，还是我不了解自己，在欺骗自己？

小侄女的问题让我有了一种全新的体验：比起说出的，那些没有说出的部分更加迷人。我们并没有做好准备，随时将自己内心最珍贵的想法和盘托出。这并不是说那些说出的部分就是虚假的，不是的。而是因为我们更愿意将这些最珍贵的事物深深埋藏起来，不希望它们过早地暴露在外界的注视之中，只有等到最合适的时刻，才愿意让它们以最出色的姿态展现出来。

就像我的朋友，我逐渐相信，他那彻夜与我畅谈的文学之梦是真的，那个聚会时脱口而出的成功之梦，也是真的。人性是复杂的，在我们生命的不同阶段和不同时刻，会有不同的梦想探出头来，与我们内心深处的各种欲望一一对应。但这两个梦想仍旧是有区别的。后者仿佛是盖在前者之上的一张毛毯，有时我们需要这张毛毯，以免让内心最珍贵的想法完全裸露在空气中，这是一种遮盖，更是一种保护。

我现在有点后悔当初对父亲的追问。并无恶意的初衷，往往让我们忽视可能带给别人的不适。比起那些为了迎合他人而洒脱道出的梦想，父亲那只停留在多吃一碗饭的梦想，如今反倒更令我难忘——它教会我不要随便去探问别人"你的梦想是什么"。因为，更多时候，梦想，需要的不是"八婆"式的关注，而是默默的祝福和真诚的尊重。

（摘自《读者》2016年第3期）

旷达者

黄永武

中国人一向把"旷达者"推举得很高。什么是旷达呢？它的真正含义，人们一直不甚了了。就字面上看：旷是器宇宽大，达是通晓事理，好像只要有学识、有器量的人就是旷达者，那就太浮泛。

最近我忽然想到：所谓旷达者，就是通晓事物、人情在时间中的因果，把现在和将来合在一起看，或把现在和过去合在一起看。一般人见花开了就开心，见花谢了就皱眉，将其分成二景看；而旷达者见到花开就想到花谢，合在一起看，就不生悲喜之心了。一般人见起高楼就来祝贺，见楼塌了就来慰吊，将其分成得失看；而旷达者在废墟瓦砾上就能想到当年楼台的华丽热闹，合成一幕看，就不生羡恶。所谓"才下手便想到究竟处"，把因果祸福叠在一起，统为一观，才是旷达。

从前有一位宰相，刚接下相印，一时贺客盈门。贵震天下，他却在馆壁间题了两句诗："霜筠雪竹钟山寺，投老归欤寄此生！"在上台的时分就想着下台，在炙热的关头就想到冷清。就像桃李芳浓的季节，多少游蜂，不必你召集都聚拢来；等到花落的时候，也不必你遣散，早就飞光了。人的荣悴和花的开谢一样，能把现在和将来合在一起看透，就很旷达了。

从前魏国有一位东门吴，他的独子死了，他却不忧伤，旁人看不过去，责询他："你的爱子，天下不会有第二个，现在他死了，你却不忧苦，太没道理了吧！"东门吴回答："我从前也没有儿子，那时候并不忧苦呀。现在儿子死了，不过和从前没儿子的时候一样，为什么要忧苦呢？"他是把现在和过去合在一起看透，所以也很旷达。

把时间延长，将因果、祸福合在一起通观，就可以看见一般人见不到的景象。就像塞翁失马，是家喻户晓的典故。旷达的人，总有先见之明，不同于凡俗。许鲁斋有首诗："花谢花开，时去时来，福方慰眼，祸已成胎。"花的零落，是下一季芳浓的前奏；福气盈满的时候，大祸已经珠胎暗结。盈虚消长，祸福相倚，所以"得"不足慕，"失"不必哀。陈抟所说"落便宜是得便宜"的哲学，就是从这道理中得到证明的。

（摘自《读者》2019年第14期，本文有删改）

斜　视

毕淑敏

　　没考上大学，我上了一所自费的医科学校。开学不久，我就厌倦了。我是因为喜欢白色才学医的，但医学知识十分枯燥。拿了父母的血汗钱来读书，心里总有沉重的负疚感，加上走读路途遥远，我每天萎靡不振的。

　　"今天我们来讲眼睛……"新来的教授在讲台上说。

　　这很像是文学讲座的开头。但身穿雪白工作服的教授随即拿出一只茶杯大的牛眼睛，解剖给我们看，他郑重地说："这是我托人一大早从南郊买到的。你们将来做医生，一要有人道之心，二不可纸上谈兵。"他随手尽情展示那个血淋淋的球体，好像那是个成熟的红苹果。

　　给我们讲课的老师都是医院里著名的医生。俗话说山不在高，有仙则灵，当教授演示到我跟前时，我故意眯起眼睛。我没法容忍心灵的窗口被糟踏成这副模样。从栅栏似的睫毛缝里，我看到教授质地优良的西服袖口沾了一滴牛血，他的头发像南海观音的拂尘一般雪白。

下了课，我急急忙忙往家赶。换车的时候，我突然发现前面有一丛飘拂的白发。是眼科教授！我本该马上过去打招呼的，但我是个内心孤独羞涩的女孩。我想只上过一次课的教授不一定认识我，还是回避一下吧。

没想到教授乘车的路线和我一样，只是他家距离公共汽车站很远，要绕过我家住的机关大院。

教授离开了讲台，就是一个平凡的老头。他疲惫地倚着椅子扶手，再没有课堂上的潇洒。我心想他干脆变得更老些，就会有人给他让座了。又恨自己不是膀大腰圆，没法给老师抢个座。

终于有一天，我在下车的时候对教授说："您从我们院子走吧，要近不少路呢。"

教授果然不认识我，说："哦，你是我的病人吗？"

我说："您刚给我们讲过课。"

教授抱歉地笑笑："学生和病人太多了，记不清了。"

"那个院子有人看门，让随便走吗？倒真是可以节约不少时间呢。"教授看着大门，思忖着说。

"卖鸡蛋的、收缝纫机的小贩都通行无阻。您跟着我走吧。我们院里还有一座绿色的花园。"我对教授说。

"绿色对眼睛最好了。"教授说着跟我走进大院。

一个织毛衣的老女人在看守着大门。我和教授谈论着花草经过她身边，我突然像被黄蜂蜇了一下——那个老女人乜斜着眼在剜我们。

她的丈夫早就去世了，每天斜着眼睛观察别人，就是她最大的乐趣。

从此，我和教授常常经过花园。

一天，妈妈对我说："听说你天天跟一个老头子成双成对地出入？"

我说："他是教授！出了我们大院的后门就是他的家。那是顺路。"

妈妈说："听说你们在花园谈到很晚？"

"我们看一会儿绿色。最多就是一套眼睛保健操的工夫……"我气愤地分辩，不是为了自己，而是为了教授。

妈妈叹了一口气说："妈妈相信你，可别人有闲话。"我大叫："什么别人！不就是那个斜眼的老女人嘛！我但愿她的眼睛瞎掉！"

不管怎么说，妈妈不让我再与教授同行。怎么对教授讲呢？我只好原原本本和盘托出。"那个老女人，眼斜心不正，简直是个克格勃！"我义愤填膺。

教授注视着我，遗憾地说："我怎么早没有注意到有这样一双眼睛？"他忧郁地不再说什么。

下课以后，我撒腿就跑，竭力避开教授。不巧，车很长时间才来一趟，像拦洪坝，把大家蓄到一处。走到大院门口，教授赶到我面前，说："我今天还要从这里走。"

知识分子的牛脾气犯了。可我有什么权利阻止教授的行动路线？"您要走就走吧。"我只有加快脚步，与教授分开走。我已看见那个老女人缠着永远没有尽头的黑毛线球，阴险地注视着我们。

"我需要你同我一起走。"教授很恳切很坚决地说。作为学生，我没有理由拒绝。

我同教授走进大院。我感到不是有一双而是有几双眼睛乜斜着我们。斜眼一定是种烈性传染病。

"你明确给我指一指具体是哪个人。"教授很执着地要求。

我吓了一跳，后悔不该把底兜给教授。现在教授要打抱不平。

"算了！算了！您老人家别生气，今后不理她就是了！"我忙着劝阻。

"这种事，怎么能随随便便就放过去了呢？"教授坚定不移。

我无计可施。我为什么要为了这个斜眼的女人得罪我的教授？况且我从心里讨厌这种人。我伸长手指着说："就是那个缠黑线团的女人。"

教授点点头，大踏步地走过去。"请问，是您经常看到我和我的学生经过这里吗？"教授很客气地发问，眼睛却激光般锐利地扫描着那个女人的脸。

在那个女人的生涯里，大概很少有人光明正大地来叫阵。她乜斜的眼光抖动着："其实我……我……也没说什么……"

教授又跨前一步，几乎凑近那个女人的鼻梁。女人手中的毛线球滚落到地上。

文质彬彬的教授难道要武斗吗？我急得不知如何是好。这时听见教授一字一顿地说："你有病。"

在北京话里，"有病"是个专用词语，特指有精神病。

"你才有病呢！"那个女人突然猖狂起来。饶舌人被抓住的伎俩就是先装死，后反扑。

"是啊，我是有病，心脏和关节都不好。"教授完全听不出人家的恶毒，温和地说，"不过我的病正在治疗，你有病自己却不知道。你的眼睛染有很严重的疾患，不抓紧治疗，不但斜视越来越严重，而且会失明。"

"啊！"那个女人哭丧着脸，有病的斜眼珠快掉到眼眶外面了。

"你可不能红嘴白牙地咒人！"那个女人还半信半疑。

教授拿出烫金的证件，说："我每周一在眼科医院出专家门诊。你可以来找我，我再给你做详细的检查治疗。"

我比那个女人更吃惊地望着教授。还是那个女人见多识广，她忙不迭地对教授说："谢谢！谢谢！"

　　"谢我的学生吧，是她最先发现你的眼睛有病。她以后会成为一个好医生的。"教授平静地说。他的白发在微风中拂尘般飘荡。

　　从乜斜的眼珠笔直地掉下一滴泪。

（摘自《读者》2013年第11期）

讨分数的人

徐慧芬

一阵小跑声过后，学校走廊里，一个男生小声而急促地叫我，我立定问他："有什么事吗？"

他期期艾艾地说："我——我能到你的办公室去说吗？"我点点头。他进来后，小心翼翼关上门后，将手上卷着的画纸摊开在我面前说："老师你看，我觉得自己画得挺好的，为什么只有65分呢？我看他这张还没我的好呢，他都70分呢。"他把同桌的那张画也摊了开来。

啊，原来是来讨说法的。这是一张美术作业，临摹书上的一幅写意国画《梅花麻雀图》。这算是期中考试了。

两张画摊在桌上，我给他分析："你这张，梅花点得还蛮像样，麻雀的形体姿态也不错，可偏偏是'点睛之笔'不准确，眼睛画偏了，这不是犯了常识性的错吗？他这张也有缺点，梅花浓淡深浅缺少变化，但作为画面主体的麻雀画得还是到位的……"

他听明白了，似乎也服气，但还不走，磨磨蹭蹭，抓了一会儿头皮，终于说出了要说的话："老师，你这次能不能开开恩，送我5分，下次还你，行不行？"

我笑了起来，教书好些年了，还没碰到过这样的学生。

"你说说看，为什么一定要送你5分呢？"

"你表扬过我的，说过我画画蛮好的。"

"啊，我表扬过你？"

"是的，你表扬过我两次，一次画素描头像，你说我暗部画得蛮透气，没有闷掉。还有一次画水彩，你说我天空染得蛮透明，没有弄脏。"

"可是这次你只能得65分呀，再说这是考试，老师应该公正，是不是？"

"可是我这次已经向我爸说过我美术考得不错的，否则老爸要说我吹牛，又要打我的……"

"65分已经超过及格线了，以后再努力一下就是了。"

"不不不，老师，我只好实话告诉你，这次期中考，几门主课我都没考好，语文65分，英语刚及格，数学只得了55分。我爸气死了，用皮带抽我，用脚踢我，说我没有一门考得像样，我说我副科蛮好的，美术至少能考70分……老师，你看——"

他撩起一条裤腿，露出了几条青紫的伤痕。

我不再多说，拿出一张宣纸，让他重画一幅。

半小时后，我用朱笔在他的画上写了个"70"，很醒目。出门时，他向我鞠躬，又轻轻问一句："老师不会告诉其他同学的，对吗？"我含笑。

多年以后……

我在地铁月台上等车，一旁座椅上一个男子向我微笑行注目礼，而后站起来说："您不是教我们美术课的老师吗？"

"你是？"我记不得他是哪位了。

他说："我就是那个向你讨分数的学生呀！"于是我想起了20多年前的那一幕。月台上，我俩相互把上述故事一点点补充完整。

我问他现在在哪里工作，他说了一家公司的名称。

"那么，你现在是否经常向你的老板要求加薪？"我和他开起了玩笑。

他笑了，有些腼腆地说："我们公司人不多，我当家。"

"啊，那你就是老板了，你后来学的什么专业？"

"计算机专业，毕业后搞软件设计。"

"你过去数学好像不怎么好的，怎么选了这一行？"

"老师，你还记不记得，那次在你办公室里你对我说的一句话，你说，像你这么聪明，想得出讨分数的人，怎么可以数学不及格？"

我说过吗？记不清了。可是他却一直记着，并为此改变了自己。

（摘自《读者》2016年第3期）

大相径庭的人生智慧

钱泽麟

多年前我曾看到美国第三任总统杰斐逊给他孙子提出的忠告：

今天能做的事情绝对不要推到明天；自己能做的事情绝对不要麻烦别人；绝不要花还没有到手的钱；绝不能贪图便宜购买你不需要的东西；绝对不要骄傲，那比饥饿和寒冷更有害；不要贪食，吃得过少不会使人懊悔；不要做勉强的事情，只有心甘情愿才能把事情做好；对于还没发生的事情不要庸人自扰；凡事要讲究方式和方法；当你气恼时，先数到10再说，如果还是气恼，那就数到100。

当时看到这段文字，正合吾意，立即抄录下来，按照忠告去做。

而后来我又有幸读到美国硅谷著名的股票经纪人约翰·丹佛相反的言论：

今天能做的事情如果放到明天去做，你就会发现很有趣的结果，尤其是买股票的时候；别人能做的事情，绝对不要自己动手去做，只有别人做不了的事情才值得做；如果可以花别人的钱来为自己赚钱，就绝对不从自己口袋里掏一个子儿；我经常在商店打折时去买很多东西，哪怕那些东西现在用不着，可总有用得着的时候；很多人认为我是一个狂妄自大的人，这有什么不对呢？我看不出我有什么理由不为自己骄傲；我从来不认为节食这么无聊的话题有什么值得讨论的，我相信大多数人跟我一样喜欢美好的食物；我常常不得不做我不喜欢的事情，因为在这个世界上，我们都还没有办法按照自己的意愿做事；我常常预测灾难的发生，哪怕那个灾难发生的可能性在别人看来几乎为零；我认为只要目标确定了，就不惜代价去实现它，过于讲究方法，只会延误时机；我从不隐瞒我的个人爱好，以及我对别人的看法，尤其是当气恼的时候，我要用大声吼叫的方式发泄出来。

一看就知道，这番话是针对杰斐逊的忠告而发的。两人的看法大相径庭，各有各的道理，同样是人生智慧，没有对错之分。

我国有句老话叫"哀莫大于心死"。对于一个人来说，最可怕的是失去希望，人有了希望，才有寄托，才有奔头。然而聂绀弩老先生却说过另外一句话："哀莫大于心不死"。这里同样有深邃的含义，不到一定的年纪是不会明白的。

这样相左的看法，在我国古代就有不少。

唐朝开元年间，李林甫问一位禅师："肉当食耶？不当食耶？"这个问题不大好回答。佛家庙堂当然是不开荤的，但是朝廷官员不可能像禁欲的和尚。既不可叫李林甫不吃肉，也不可鼓励他吃。禅师曰："食是相公的禄，不食是相公的福。"实在是高！

众所周知，普陀山是观音菩萨道场。笔者在那里旅游时发现有不少海鲜店，不少人坐在桌旁大快朵颐，也有人买下即将被杀的鱼蟹准备放生。是该进店吃呢，还是救下放生呢？我曾经看过的《观音的秘密》一书中禅师早有明示：“救者慈悲，不救者解脱。”阿弥陀佛！各位看官，自己看着办吧。

世上的事就是这样的。就拿刚结束的里约奥运会来说吧，中国女排屡战屡败，却屡败屡战，一次次跌倒，又一次次站起来拼搏，终于夺取金牌，体现了“更高、更快、更强”的奥林匹克精神，而谁能说连自己获得铜牌时（并列第三）都不知情的“洪荒女神”傅园慧是来“打酱油”的？还有仅仅取得第四名，连奖牌都没有的羽坛老将林丹不是英雄呢？“重在参与”，也是奥林匹克精神。

处世犹如行路，常有山水阻身前。行不通时，可以根据实际情况，学愚公移山，也可转个弯，绕过障碍，只要成功到达终点就行。有时候我们需要让思维转弯的智慧，还需要有“低头”和“退步”的思维。唐末五代的契此，就是那个“笑口常开，大肚能容”的布袋和尚（据说是弥勒佛的化身），有一首《插秧诗》：“手把青秧插满田，低头便见水中天。六根清净方为道，退步原来是向前。”前人的忠告基于前人的经验和思考，这些人生智慧，有的只适合于一方地域、一个时期或一类人。我们对问题要有自己的思考，不要抱怨玫瑰有刺，要为荆棘中有玫瑰而感恩。要将别人的经验当作一盏灯，而自己才是走路的人。

（摘自《读者》2017年第7期）

总有一些人，改变了你的整个生命

一直特立独行的猫

很多人说我有个性、有勇气、有胆量，可回想起来，小时候我不是这样的小孩，我很乖、很听话。有两个人，两段时光，就好像在我生命中悄悄潜伏着，让我长大后变成了另外的样子。

第一个人，是我初中时候的女校长。我上初中的学校，是一所很特别的新学校，招生简章上的描绘，当时只是一个胖胖的中年女校长的伟大构想。那是一所师范大学的附中，刚刚成立，刚开始招生。附中的教学楼是国家一级文物保护单位，有一百多年的历史，古香古色，充满了民国气息。附中的校长是大学的女校长，附中的副课老师是大学各科系的教授，附中所用的电脑房和实验室都是大学的，附中的操场和食堂也是大学的。女校长发誓，要在三年内将新学校建成全市一流的初中。可发誓有什么用？哪个家长会相信一个女校长的誓言？况且很多人都认为校长的构想是瞎掰，大学怎么能跟初中在一起，而且还让初中的孩子混在大学校园里上课？于是，女校长奔波走访了附近片区的小学，想办法拿到优秀学生的名单，挨个找家长宣讲。校长看到我得过的所有荣誉证书后，便信誓旦旦地告诉我妈要定了我。于是，我那标新立异的爸妈就想办法让学校删掉了我原来准备去的最好的学校，转而让我走进了这所还在构想中的学校。

三年的初中时光，我就在这栋古色古香的教学楼里度过，楼道里铺着红地毯，剧组常常来借景拍戏。语、数、外聘请全市最好的老师，教政、史、地的都是大学教授，高级漂亮的大学机房、高科技的大学实验室、高大上的图书馆和自习室构成了我对初中的全部回忆。我总记得那个有一百多年历史的教学楼，哥特式建筑中，总有些狭窄的暗道、只容一个人通过的楼梯间。神秘的三楼永远锁着门，楼顶的国旗不知道是什么人升上去的，而我们天天跟大学生混在一起。那时候评价一所学校好不好，要看毕业生的成绩，而我的学校别说成功案例，连一届毕业生都没有。我们每一天都在践行着女校长的伟大构想，可全市的家长和学校都在等着看我们三年后的笑话。

三年后，我们虽然只有部分人成绩不错，并没有像奇迹一样一炮而红，被连锅端到重点高中，但又怎么样？校长不死心地坚持自己的构想。等三年后我再回去，学校已经变成了全市著名的学校。再过几年，听闻学校连年出中考状元，高中部也成立了。去年我在客户公司见到一个漂亮的女实习生，据说是个状元，随便聊了两句，竟然发现我们毕业于同一所学校，而她居然是那年的状元，我真的有点惊呆了。那一刻，我脑子里仿佛都是那个胖校长的声音和宣讲时的手势。

第二个人是我大学时候的校长。每当我跟别人提起他时，人们总是捧腹大笑又目瞪口呆。我的大学那时候只是所师范学院升级后的大学，不知道从哪里来的敢为天下先的校长，划了片地，盖上了豪华的新校区。我入校的时候，招生简章上的小河还是土沟，小桥还是砖头，到处都是大兴土木的景象。这位校长也有伟大构想，但可能是不知道从何做起，于是跑去国外常春藤盟校参观学习，学习归来便开始进行改革，比如：大学宿舍楼不分男女，男生一层女生一层交叉着来；与国内名校联合，把自己学校的优秀学生在大三时输送到名校等等——我就是那个时候被送到了北大——校长很有想法，想法还很奇特。这期间，也有很多失败的案例，比如：男女生宿舍乱套了，没办法，第二年又让男女生分楼住；去名校读书的学生老不及格，回来毕不了业等等。我不知道那些年校长是不是很头疼，但我觉得好带劲儿。我没见过校长，但总觉得他一定是一个常常抓耳挠腮却愈挫愈勇的人，因为学校太大，他的想法太多，有成功的，更有失败的。他像一个永动机，出去参观学习，回来改革，成功了便继续发扬，失败了就想办法改进。

去年我写了一本书，里面有一章节是大学时候的故事，于是寄给校长一本，以感谢他当年不停歇的伟大实验，让我成为今天的我。校长请我回学校分享毕业心得，当我重回母校的时候，发现学校已经焕然一新，部分专业从二本B类升到了一本B类，有很多优秀的教师，新一届的领导班子也更富有活力和想法。几乎所有的人，我都不认识了，但我记得那个想象中抓耳挠腮、天天折腾的校长，记得那个对我说"谢谢你回来，学校对不起你，如果我们再努力一点，你就不用吃那么多苦了"的校长。

其实，我在校时也不是多好的学生，这两所学校里也根本没有我的什么成绩被载入史册。我就是平凡众生当中的一个，不好不坏不出挑的那一个。但我总记得他们，记得他们的勇敢，记得他们描绘自己伟大构想时的声音和拳头。我总觉得，他们就像两颗定时炸弹，先后埋在我心里，耐心地等着我长大和理解，直到有一天在我心里爆破，让我成为一个敢于梦想的人。

这个世界，总有一些人，肩负着压力走在自己特立独行的梦想中。也许他们不会很快成功，也许他们一辈子都实现不了自己的构想，但他们足够勇敢。他们相信自己，在并不青春的年纪里依然做着一个伟大的梦。

他们的坚持与特立独行，总会影响一些人，可能不会马上看到效果，也不会马上就有人响应，但就好像将一颗奇特的种子埋在每一个被他们影响的人的心里，比如还是孩子的我，比如长大后的你。他们在不经意间，改变了周围人的命运，也改变了自己的人生。

（摘自《读者》2014年第22期）

一点一横长

明凤英

我常常想起我的小学老师——达时雨。

小时候，学写繁体字。碰上笔画多的，达老师就教我们一些顺口溜。

"一点一横长，一撇到南洋。我的耳朵长。我姓王。我今年十四岁，在一心国小上学。"

这是繁体"廳"字，大厅的"厅"，整整25笔。

我们扯开嗓门喊将起来，伸出食指把字写在空气里。一时，教室里好像挂满了大大小小的"厅"字，叮叮当当作响。

"一点一横长，二字下面口四方。两边丝绕绕，鸟儿站中央。"这是"鸞"字。红鸾星动的"鸾"。

还有"亡、口、月、贝、凡"，这是"贏"字，输赢的"赢"。

达老师假装捂起耳朵，说："你们声音好大！外面的树叶子、花儿都让你们嚷嚷下来了。"

大家咧嘴嘻嘻笑起来。教室外面，隔着走廊，木麻黄红艳艳的花瓣正慢慢落下，落在黄土堆上。

她是江苏泗水人，1949年到台湾。

有一次我家急着要用钱。妈妈苦无对策，叨念着告诉我："课后的辅导不上了吧，可以省下30块钱给外婆。"我听了妈妈的话，不作他想，下课背上书包，大踏步高高兴兴回家了。快出校门的时候，却让达老师给叫住："为什么不上成语课？"

我据实以报："我家钱紧了。我妈说不上了。"

达老师只说："上课去。"我听了，也不作他想，回头进了教室。父母辈疲于奔命，只求喂饱一家人的肚子，竟从来没有察觉什么。我妈也像压根儿忘了让我不去上辅导课的事情。只是此后，我就再没有交过辅导费了。

人情珍重，急流湍湍，竟连一个谢字也没有。难得糊涂的日子，也可以舟行千里。

年幼的时候，只觉得风和日丽，一切平常，哪里知道周遭惊涛千尺？哪里知道父母那一代人兴衰浮沉，漂流仓皇，经历了多少烦恼忧愁？

很久以后，我才知道达老师在大陆时，就当过小学校长。来台湾之前，还做过她那个地方的县长。达老师的丈夫更是我们镇上赫赫有名的凤梨工厂厂长。他们夫妇1949年阴差阳错地来到台湾，成为建设、教育的无名天使，一辈子留在了台湾。

上大学后，我给达老师写过几封信。她热情地回信给我，劈头就提我小学时候的事情。说我能随时一字不漏地背出整本教科书，写出的作文让她发笑。小时候的事情，我自己一点不记得，父母也少过问，倒是达老师做着我的镜子，让我照见遥遥成长之路。

成年后，我四处奔忙，跟达老师断了联系。多年以后，我才知道达老师是从台北的一处高楼纵身跳下，带着她特有的清高和寂静离开人世的。

我常常想起达老师支着头，静静坐在教室里看木麻黄树的样子。我几乎一厢情愿地认定，她是为了教给我们那些好玩的顺口溜而到台湾的。只是天使羁留人间，有多少我不知道的故事？

我没有机会告诉她，当年她讲"想做大官的请出去，想当小姐的别进来"的一刻，曾经多么让我震动。我也没有机会谢谢她把八岁的我，领进了学习的畅想和快乐中。

想念她的时刻，我想到那一代流离苦难的人，在小岛上的襟怀和风华。

想念她的时刻，我是多么愿意生出彩翼，振翅飞到琼楼高处，把她从孤单绝望的那一刻，奋力拉回，回到那"一点一横长，一撇到南洋"的瞬间。

一点，一横长。一撇无垠，到天涯。

那无垠天涯，该有多么宽广，多么顺溜啊

（摘自《读者》2013年第5期）

善 念

尤 今

那天，我和好友阿展去吃叉烧面，吃着，吃着，阿展突然动情地向我讲述了一桩陈年往事。

读中学时，阿展的父亲失业，在贫穷的夹缝里苟延残喘的母亲，无法挤出多余的钱给阿展买午餐。每天上学，母亲仅仅给他两片面包，撒点白糖，让他就着自来水草草果腹。

阿展对我说："不曾试过'饥火中烧'的人，绝对难以想象饥饿的可怕。起初，你看到什么都想吞，桌子、椅子、书包……甚至，风和雨，你都想吃想喝。接着，痛来了，就像有人在你胃里挂了个鱼钩，然后死命拉，每一寸胃壁都在狂喊疼痛！母亲教我喝大量的自来水，胃沉甸甸的，便感觉不到痛了。"

学校里一个卖叉烧面的中年妇人，从其他学生口中知道了他的窘境。

有一天，她主动找到他，温婉地对他说："我每天准备的食材都有剩余，带回家去，嫌麻烦；倒掉嘛，又太浪费了。以后，你每天来我的摊子，我给你煮碗面吃。"

纵然是傻子，也知道这是一个善意的谎言。阿姨想保护阿展的自尊心，可阿姨不知道，阿展的自尊心早就被饥饿吞噬了。阿展在心里默默地说："阿姨，谢谢您。这份情，我记在心上了。"

每天扎扎实实一大碗叉烧面，给了他活力、精力和动力。他埋头苦读，凭借奖学金读到大学，毕业后，在政府部门任职。他始终没有忘记学校里那个善心的面摊阿姨。

终于，这一天，他带着一张支票，返回当年的学校。

面摊还在，阿姨还在，叉烧面的香气依旧，只是阿姨老了，皱纹如叶脉细细铺在脸上。

阿展报上姓名，面摊阿姨非常高兴，一个劲儿地喊道："啊，我一直都记挂着你！你长高了、变壮了，我差一点儿不认得你了！"

阿展简单地述说了自己离校以后的情况，末了，取出支票，请阿姨收下。阿姨看也不看，便把支票推回去。阿展以为她客气，坚持要她收下，双方推来推去，相持不下。最后，阿姨叹了一口气，决定坦陈真相："老实告诉你吧，当年，是你的年级主任韩老师要我这样做的。几年来，你在学校吃的每一碗面，都是由她付钱，每个月结一次账。不过，她再三交代，绝对不能让你知道，所以，我才一直保守秘密。现在，时过境迁，告诉你也无妨。"阿姨顿了顿，又补充道，"再说啊，韩老师如今也不在了。"

阿展错愕地看着眼前这个头发花白的面摊阿姨，心里像有只受惊的麻雀，一下子被搅乱了。韩老师的形象，也快速浮现于脑际——黑白掺杂的头发直直地垂着，眸子含笑，说话慢条斯理的，有着用不完的耐心。她

058·

是他的语文老师，但只教了他一年。他毕业离校后，韩老师便因罹患乳腺癌而去世。记得曾有同学问他要不要去吊唁，他当时为了应付初级学院的考试而忙得天昏地暗，就没去。只是想起韩老师的孜孜矻矻、鞠躬尽瘁，心里未免有些许遗憾和难过。

如今，他和韩老师已阴阳两隔，才知道，韩老师一直像个慈母，默默地关注着他，照顾着他，直到他毕业。

离开面摊后，阿展走向校长室，征得校方同意后，以校友的名义成立了一个基金会，资助贫寒学生用餐。

当年老师的一个善念，点燃了一个少年心中的火种——直到多年以后的今天，阿展还是学校里那个匿名的赞助者。

（摘自《读者》2021年第13期）

清秋瘦水

周　伟

秋天的水，说瘦就瘦了，河中的丝草浮现出来了，墨绿墨绿的一片，丝丝连连，纤毫毕现。我仿佛看到童年井水中的景象，那般清澈，那样透亮。

瘦水边，人感觉也瘦了。远处有两个黑点，慢慢地出现在我的眼前：一个是斯文的父亲，一个是天真的孩子。

父亲张网，一张网，仿佛想网住一个世界。他越是弓身用力，撒出去的网越是到不了他想要达到的位置，网不住他想网的东西，好几次，网都被丝草缠住了。

孩子提桶，跟在父亲后面。他看到瘦水中那些游来游去的鱼儿，在水中旋转着，一下又蹿出水面，白白的鱼肚皮在阳光下发亮。

就在父亲感到失望并打算离开的时刻，孩子扯了扯父亲的衣角，努了努小嘴儿：河堤边的丝草旁，有一条金黄色的大鲤鱼在那儿游来游去，闲适自得。

于是父亲张网，张了几次，总不成功。孩子把桶放下，做了一个双手捧鱼的动作。父亲领会，走上前去，捧住了那条金黄色的鲤鱼。孩子接过父亲手中的鱼儿，用双手稳稳地捧住。鱼儿一动不动，只有鱼鳞在阳光下一闪一闪泛着金光。

看着瘦水里的游鱼、瘦水边的父子，我明白了：世上有许多东西，网是网不住的，把它捧起来，或许更好。

（摘自《读者》2016年第2期）

错误让我如此美丽

林 鸣

我有两位性格迥异的挚友。

一个没完没了地惹祸，被众人讥为"三分钟一个主意"。少年时骑自行车去内蒙古探险，险些叫狼叼了去；曾上过战场，枪炮一响，吓尿了裤子。面对不断的打击和挫折，他每回都能跟跄着爬起来。一连串磕头绊腿的生活经历倒像勋章，挂在他相当自信的胸前。奇怪，这盏并不省油的灯，不仅事业小成，在人群中还是个受欢迎的人物。

另一位则乖得很：从幼儿园、上学到工作单位一直担任领导职务，每天洗脸，不讲脏话，从不擅自去运河游泳，上课不说话，开会不打盹，家中收藏最多的就是他历年所得的镜框奖状，现为公认的副局级好人。然而副局级好人也有苦恼，一次听他吐了句真言：一生像一张白纸，没感觉，没劲。由于他的婚姻是遵父母之命而来，现在儿子都上街打酱油了，他连一次"我爱你"也没对老婆说过。上回两口子吵架,这位仁兄按捺不住,平生头回口中带出个脏字儿。事后,他怪新鲜地悄悄介绍体会:嘿,别说,骂人真的挺痛快!

第一只猿猴"错误"地下树直立行走,所以今天的人类才不用趴着敲电脑。自古以来,无论科技政治,柴米油盐,因意外或错误而发现并促进社会前进的例子多多。错误也分上、中、下三等,笨蛋级的错误,每日里人人在犯。唯独悟性极高的高手,才有资格犯下高层次的错误。这类错误的发生,则意味着创新的又一抹曙光。

错过了犯错误的年龄,也是错误。读过港报一篇感人至深的文章,一位得知自己不久于人世的老者写道:"如果我可以从头活一次,我要尝试更多的错误,我不会再事事追求完美"。

活着是美丽的,工作着是美丽的,必要时,犯错误亦不失为一种美丽。正如一辈子不离开地面,自然避开溺水的危险。但只有经历呛水和疲惫,才能领略另类生活的风采和快乐。

(摘自《读者》2000年第20期,本文有删改)

节 气

姚育明

小时候我的笨是出了名的。我常爱闷头闷脑地想一些道理，再去花些时间验证，但实质上是再浪费些时间去怀疑。比如，剥去大半树皮，仅留一小块，看树木是否还能输送养分；比如，在田头扮作假人，看偷食的麻雀是否识得我的真假；比如，为了试验热胀冷缩，把烧红的煤炉盖板反复浸进冷水……

而我最想知晓的是大自然的秘密，想看季节如何转换，于是在某一年夏天的某一天中午，观察立秋到来的迹象。老人告诉我中午十二点立秋。天色如常，气温不变，白云也没闪出异常的光彩，天地间并没透露什么玄机。正思忖着，轰响成一片的蝉鸣声戛然而止，仿佛有什么利器将声浪齐刷刷地斩断。只有一两只蝉发出微弱嘶哑的叫声，只几下，却透着明显的犹疑，并且很快便噤声息气。这些爱喧哗的小虫子在正午十二点遵循了节气的命令。

与其说这是小时候的天真，莫如说这是小时候的傻气。我们是那样相信耳闻目睹，在小时候就已经执着于自己的所见所闻了，并如此来观察自然和周围的环境。

到了青年时代，我依然对世界抱着少女般的兴趣。比如，在黑龙江插队的艰难日子里，我也花费时间去看春天在哪一刻破了黑龙江的坚冰，风在哪一刻制造了大兴安岭的滚滚松涛，小麦又是怎样在深夜里拔节……

终于，我明白了，被科学家论证过的事物是无须再去自己证实的。奇怪的是我们为什么不能以相同的态度去接受圣人的说教？难道他们得到真理的方式和科学家求证的方法有什么两样吗？大千世界的许多理论已被当代科学证实，人们也习惯说宇宙无边无际之类的话，还有谁不相信天外有天，人外有人呢？

我又跌入了对于更浩瀚的宇宙的探索兴趣，UFO是怎么回事？极乐世界是不是另一个星球的事情？佛和菩萨是不是高级星球的人类……

忘了是哪一天哪一刻，我听到了这样的声音：看你自己！听你自己！

渐渐地，我学会另一种观察，听自己，看自己。结果在关注自己的每一刻都产生了节气，时寒时暖，时晴时阴，在自己的时节里，我听见了自己内在的鸣叫，内在的抑止，内在的旋转，内在的胀和缩，内在的进步与退步，我看到一整个宇宙在自己的原则中生与灭。

（摘自《读者》2019年第10期）

传道与解惑

许倬云

人们常说传道与解惑，这个"道"不仅是道学之"道"，也不仅是大道的"道"，还是研究的方法，求好学问的方法，分析问题的方法。"道"就是我们找路的能力，辨别路的本领。胡适之先生讲，他最恨人的就是"鸳鸯绣出从君看，不把金针度与人"。我把这鸳鸯绣好给你看，但不告诉你这鸳鸯是怎么绣出来的。胡先生说，我们不仅要绣得鸳鸯与君看，还要把金针度与人，也要把这针法传给别人。

我这一辈子印象很深的一件事，是在大学二年级时，我的老师劳贞一（著名历史学家劳干——编者注）先生教秦汉史，大约有半年的时间都是在教玉门关在哪里。玉门关是在小方盘，还是不在小方盘呢？一个学期大家都在讨论这个问题。我们全班有二三十个学生，都烦死了。

后来劳老师80岁时，老学生帮他过生日，我致谢词。我特别提起，从那一门课中我获益匪浅：老师为了讨论小方盘是不是在玉门关口，旁征博引，不仅把史料和考证史料的方法交代给学生，还把对错误史料的订正交代给学生。

一个历史问题，他教了历史地理学、史料学、语言学、文字学、考古学等知识。为了一个遗址，他讲授了不少方法。在这个讨论的过程中，他把汉代的官制告诉我们，还有汉朝的地理、边疆问题、匈奴与汉人的关系、边区的经济制度等。

他是把金针给我们，而不是只让我们看鸳鸯。鸳鸯简单得很，"玉门关在小方盘"，一句话，他却教了半年啊！因为专教这个东西，来上课的学生越来越少，到最后，有时就我和他师生两个人对坐。

我并不是说这是最好的教学法，我对这种教学法也是有批判的。劳老师教学的方法，若我拿去教中学就不妥了。但若所教的学生今后将担任研究院的研究员，这却是好的方法。这就是传道解惑的工作。

（摘自《读者》2020年第13期）

钱穆的中学读书事

王国华

重读国学大师钱穆先生的著作《师友杂忆》，记其中学读书事，越读越感慨。20世纪初，钱穆就读于常州府中学堂。他记录的几则师生逸事，恰可体现彼时的学风，即：讲规则，有错必究；重个性，全面发展，不拘一格。

先说这有错必究。有一次考画图，题目为《知更鸟，一树枝，三鸟同栖》。钱穆画了一长条，表示树枝；长条上画了三个圆圈，表示三鸟；每个圆圈上部各加两个墨点，表示每一鸟之双目，墨点既圆且大。同学们看见这张考卷，都说鸟的两只大眼睛极像图画科杨老师，正好被杨老师听到。杨老师极为震怒，因此给钱穆打了零下二厘的分数，比零分还低。还有一次，舍监陈士辛老师来查房。按规矩，每夜上自修课两小时，课毕开放寝室，定时熄灯，自此不许作声。当时钱穆正与一个同学在帐内对床互语，陈士辛老师说："想说话可到舍监室跟我谈。"钱穆遂披衣起床，尾随陈老师下楼。起初陈士辛老师并未发觉，走进舍监室才发现后面有人。问其原因，钱穆答："按您说的到这里来跟您谈话。"老师大怒，斥其速去睡觉。年终的操行评分，钱穆仅得25分。该时代尊师重教，不管是有意无意，拿老师开玩笑总归要受到惩戒，钱穆对此并无怨言。

再说不拘一格。现今教育有素质教育和应试教育之区别。都说前者好，但真正运作起来，往往后者更有效，其实还是录取指挥棒的原因。

钱穆讲，文史大家吕思勉给他们教历史、地理两门课程。吕思勉上地理课，必带一本上海商务印书馆所印的《中国大地图》。先将各页拆开，讲一省，择取一图，在小黑板上画一"十"字形，然后绘出此省之边界线，说明其所处位置，再在界内绘出山脉及河流湖泽，讲明自然地理后，再加注都市、城镇、关卡及交通道路等。一次考试，出了四道题，每题25分。钱穆尤其喜欢有关吉林省长白山地势军情的第三题，一时兴起，洋洋洒洒写了很多，不料考试时间已过，整张试卷仅答一题。吕思勉在阅卷时，在卷后加了许多批语，写完一张，又写了一张。这些考卷本不发给学生，只批分数，因此不需加批语。而吕思勉手握一支铅笔奋笔疾书，写字太久，铅笔需再削，为省事，他用小刀将铅笔劈成两半，将中间的铅条抽出，不断地写下去。最后不知其批语写了多少，也不知其所批何语，而钱穆仅凭这一道题就得了75分。可见是学生的答卷触动了老师，而老师也因这种触动给学生打了高分。今日西方国家的学校授课，不注重死记硬背，从小学即考问世界观与价值观，动辄要回答有关世界和平的问题，以便形成健康的人生底色和品格。

还有一例可以佐证。钱穆有一位徐姓数学老师，性格怪异，人称"徐疯子"。有一次月考，这位徐老师出了四道题，其中一题为：1-( )-( )-( )-

（）……等于多少。钱穆思考了半天，忽然想到《庄子·天下篇》中有"一尺之棰，日取其半，万世不竭"之语，遂将答案写为"0……1"，徐老师认为这个答案正确。他跟学生们说："试试你们的聪明而已，答不中也没什么关系。"能把哲学问题转化成数学问题来考学生，并对答案持开放态度，这样的老师如今还有几人？

钱穆还回忆，当时学校里设有"游艺班"，分为多组，学生们可自由选择。钱穆家七房桥有世袭乐户丁家班，专为族中的喜庆宴会唱昆曲助兴。钱穆自幼耳濡目染，颇有兴趣，于是选修昆曲。笛、笙、箫、唢呐、三弦、二胡、鼓、板等各种乐器，生、旦、净、丑等各种角色，钱穆均有涉猎。他还专习生角，唱《长生殿》剧中的郭子仪，举手投足皆像模像样。吹箫尤其成为钱穆生平一大乐事，他每感孤寂时，便以箫自娱，其声呜咽沉静，如同身处他境，神思悄然游荡在天地之间。

钱穆少年读书的往事至今已经100多年，想今日之功利，念彼时之性情，岂不让人痛心？

（摘自《读者》2013年第21期）

静 气

李丹崖

一朵花，开在深夜，幽长的一束光照见它，它视而不见，意韵幽幽地开着，这样的花朵有静气。

一个人，专心一件事，别的事情都打扰不了他，别的诱惑都迷乱不了他，他就那样心系一处，仿佛进入了禅定，这样的人也有静气。

人一闹腾，六神无主；人一静谧，风度俱来。

月朦胧，鸟朦胧，实因心朦胧，飘忽不定。心猿意马，动若脱兔，实因没有安全感，或是欲壑难填。

齐白石老先生在其成名后，有人问他，如何从一个木匠华丽转身成一位巨匠？他答道：作画是守静之道，涵养静气，事业可成。

齐白石的话让我想起一则故事。

在雍正皇帝编著的《悦心集》里，有一则《尧舜至今尚在》，里面有这样一段对话，很有意思："昔有一名僧，被召见驾，叩首呼万岁。上曰：'人生百年且不可得，何云万岁？'僧曰：'尧舜至今尚在。'上大悦。一日同御便殿，复问曰：'京师有多少人？'僧云：'只有两个人。'上曰：'何谓？'僧曰：'一个为名，一个为利。'上点头称善。"

京畿之地，熙熙攘攘，名利纷扰，何来静气？静气在哪里，在山野清风徐来之处，明月皎皎之所。

难怪历代圣贤中的许多人，心向田园，天子喊来不上朝，一心只谋三分田。餐风饮露好风雅，被天席地度韶华。这就是静气，八风吹不动，任何搅扰在他的面前都成为"蚍蜉撼大树"，沉稳大气有贤德，在心灵的飓风深处也能泰然自若。

翁同龢是清朝三代皇帝的老师，他曾写过这样一句话：每临大事有静气，不信今时无古贤。丰子恺也说："既然无处可逃，不如喜悦。既然没有净土，不如静心。既然没有如愿，不如释然。"多明亮的心态！

（摘自《读者》2014年第11期）

孩子，钱有那么重要吗

张曼娟

我最近收到了一些糕点，是许多年前教过的学生寄来的，我开心地告诉小学堂里的孩子，并分享给大家。当我和孩子们拆开包装时，一个四年级的小女生问我："老师，你的那个学生赚钱很多吗？"

我说我不太清楚，她想了想，接着说："如果她没有很多钱的话，就不会买这么多点心给你了。"

我不知道她为什么会有这种想法，只好对她说："其实不用花很多钱，重要的是这份心意。就算她只给我一块饼干，我也觉得很开心，因为她惦记着我啊。"

钱很重要啊

这段对话让我想起了过年前的一件事。当时，我和小学堂的其他老师自制了一种薰衣草油漆，将教室重新粉刷了一遍，在春天开课时，着实让孩子们惊叹了一番。有个小学六年级的男生跑过来问我："老师，你们找人来刷的油漆吗？"我不无得意，拍拍胸膛说："是老师们自己漆的，而且我们选了没有毒性的环保油漆哦，这样才不会危害大家的健康。"

"是哦！"男生推推眼镜问我，"多少钱？"我有点惊讶，这不是他第一次关心"多少钱"这个问题了。上次我们换了空调，他问"多少钱"；更早一点，我们搬家，重新装潢，他也问过"多少钱"。

我说："你只关心多少钱吗？不关心老师的用心吗？"

"可是，钱很重要啊！"他很认真地回答。

我当然知道钱很重要，但在这个世界上，应该有比钱更重要的东西吧，尤其是对这些还没社会化的孩子来说，一定有比钱更重要、更值得关心或憧憬的东西吧。

天下父母心，谁不希望孩子"无灾无难到公卿"，于是许多家长在陪孩子做选择，甚至替孩子做选择的时候，往往将职业发展、前途未来等作为关键词，孩子的喜好反而成了次要的。

财富真的排第一位吗？子曰："富而可求也，虽执鞭之士，吾亦为之；如不可求，从吾所好。"

意思是，富贵如果可以以合乎道的方式追求的话，就算担任给官员执鞭的下人，我也愿意去做；如果不能以合乎道的方式追求，就去做我喜欢的事。

孩子们喜欢钱、爱谈钱，大都是受了父母的影响。而作为父母，如果为了追逐所谓的财富而让孩子抛弃爱好与梦想，又有何意义？

如何权衡富有与喜好

我想起了我一个朋友的儿子，他准备考大学，他的父母希望我帮他看看作文。我发现这个高三男生的文笔相当好，他读了许多历史和文学著作，引经据典，妙语连珠，说理时铿锵有力，抒情时动人心弦，我读他的文章竟然读得热泪盈眶。我告诉他，他有一颗文学的心。

朋友立刻阻止我说下去，忙把儿子支开："别影响他，拜托，我好不容易才劝他考理科的。"

"他喜欢理科吗？"我问。

"他才几岁，哪里知道自己喜欢什么。我们当父母的当然要帮他做决定啊，要帮他选一个有前途的出路。"我这位朋友说。

"那他到底想念什么？"

"他想念历史，或者是中文系。念文科有什么前途？呃，我不是说你啦，你是少数的成功例子嘛。"

于是我闭上嘴，不再说话。

当我在和这个高三男生差不多的年纪时，我突然发现自己非常热爱写作，家里的长辈问我："你将来到底想做什么？"我说我想当一名作家，大人们带着惋惜的口气说："当作家有什么前途？连自己都养不活。"

他们的评断带着恫吓，不知道为什么，却并没有吓住我，而是给了我另一种想法：我要找到一种谋生的方式，让自己可以无后顾之忧，但无论如何，也要做自己真正喜欢的事。

如果我的这个朋友可以重回少年时代，他或许会发现那时的自己并非一无所知，或许就能理解儿子此刻的想法与愿望。但是，当了父母之后，便将儿女的"富而可求"看得非常重要，"从吾所好"却显得无足轻重了。

父母胜过一切圣人

《论语》中还有其他许多关于金钱的讨论，比如子贡问曰："贫而无谄，富而无骄，何如？"意思是，贫穷的时候，不做出谄媚的事；富贵的时候，不表现傲慢的态度。您觉得怎么样？

孔子回答："这样是不错了。但还不如贫穷而能快乐，富贵却谦恭有礼。"孔子不愧是圣人，怪不得许多家长都愿意让孩子读《论语》，学《论语》。然而我却觉得，父母看待钱财与贫富的态度，比世上一切圣贤智者对孩子的影响都大。

我见过一个成绩优异、家庭富裕的大学生，后来因父亲经商失败，一夜之间，荡尽家产，那个女孩就从此一蹶不振，仿佛她的人生也毁灭了。为什么？因为她的父亲告诉她："没有钱，你什么也没有！你什么都不是！"她本可以有光明的前途，只要她够努力，便可以出人头地。但她相信了父亲的价值观，离开了与自己相爱多年的男友，嫁给了一个有钱人。

几年之后，她离了婚，成了单亲妈妈。为了争取儿子的监护权，她放弃赡养费，一边工作，一边抚养儿子。我和她见面那天，她带着儿子一起来，眉眼之间舒展安适，和我说起她离婚这几年辛苦熬过来的日子："因为那段经历，让我有机会了解很多事。我跟儿子说，我们虽然没有钱，但是，我们过得很快乐。我们拥有的东西很少，所以我们学会了分享，而且懂得了珍惜。"

甜甜圈送上来的时候，那10岁的小男孩很自然地将它分成3份，微笑着说："我们一起吃吧。"我没有吃甜甜圈，但我感受到了甜蜜。

　　当时，我看着眼前这个女人，她比起十几年前那个女孩，要尊贵许多。虽然她在金钱上是匮乏的，但她已经找到不被金钱操控的方法。然而我又想，如果当时他的爸爸没有说出那么强烈的否定句，现在的她是否可以过得更好？

（摘自《读者》2016年第18期）

我的错别字故事

胡展奋

2007年至2017年，我在华东师范大学新闻学院执教。

我是授课教师，教的是"外国经典新闻作品研究"，其实就是"普利策奖特稿研究"。乍看没有"错别字"一类问题的困扰，其实不然。

每次开学前，教务处给的花名册都得注意，学生的名字如果事先不熟悉一下，就易读错。如今，年轻父母给孩子们起名都喜欢用《康熙字典》或《新华词典》里的冷僻字，谁的名字起得高冷古怪，谁就"有学问"。只是苦了老师，从幼儿园到大学，老师们一个个受罪，没少被折腾。

一

那天因为事先没做功课，首先给我下马威的就是来自北方的吕棽同学。恕我无知，我顺口就叫了"吕尖"。下面自然是一阵哄笑，我后来才知道，那个字念作"gǎ"，当年电影《小兵张嘎》的嘎字，也是这个读音。

同一页花名册上还有"地雷"呢。有个同学叫"仇馗"，我还算知道姓氏之仇当读"qiú"，可后面那字我虽然知道章太炎写过《馗书》，但按照我一贯的疏懒，哪会翻字典。只是有了"吕尖"的教训，我不敢读"言"，便老老实实地问："哪位同学姓仇，你后面那个字怎么念啊？""读qiú，"他高声回答，"逼迫的意思。"

我真是出了一身冷汗。但事情还没有完，最后一个女同学，名字里有个"窅"(yǎo)字，我也恍惚记得看演义小说时，五代有个美女叫"窅娘"，但从没留心该怎么念。如今新账老账一起算，我豁出去了，便大胆地念作"目"。这下更把大家笑趴下了，有的同学眼泪都笑了出来。幸好班长给台阶，说："老师，这不怪您，都是生僻字，刚入学时，我们也不会念。"

二

我说："谢谢你，同学，刚才那个'尜'字的确冷僻，老师念错情有可原；可是'馗'和'窅'虽然比较冷僻，老师是不该念错的。因为老师自命读过近代史，明明看到过章太炎著《馗书》，但就是懒得去查这个字；还有'窅娘'，老师也向你们坦白，看过闲书《五代十国演义》，对南唐李煜宠爱的身轻如燕的'窅娘'也有印象，但谁高兴去查字典呢？这就是不良习惯结恶果，同学们千万吸取我的教训！所谓尺有所短，寸有所长，学校用我，只是因为我有20多年的从事调查记者工作的经历，擅长案例分析，而绝非因为我学富五车，希望同学们海涵。"

让我没想到的是，一番大实话把人感动了，课堂忽然肃静，紧接着全体起立，响起"雷鸣般的掌声"，而且经久不息。老汉我泪眼婆娑，一时不知所措，只得连连作揖，频频称赞他们："华师大的生源真好！谢谢同学们的鼓励！"

当然，执教10年，我也学到了不少。说来惭愧，出过那次洋相后，我和资深语文教师——丈母娘，聊了聊。孰料，平时低调的丈母娘轻轻一笑："汉字太多，八九万个谁能都认得呢？谢觉哉教育过他的子女，读书时手边必备一本字典，不识，当场查。但即使这样，还是难保有'漏网'的，我教你一个法子——点名时，拿一支笔，看到不认识的字，不要犹豫，果断跳过去，故意不念这个同学的名字。每个人最在乎的就是自己的名字，让他（她）暗暗发急。最后，你问大家，还有没点到的吗？届时一定会有小手举起来，说，老师，没点到我！你便慈祥地问，你叫什么啊？然后用笔从容地给他（她）标个音，多自然，既学习了生字，又保住了颜面。"

从此，我最服的就是丈母娘。

（摘自《读者》2018年第16期）

人人都爱刘姥姥

刘晓蕾

总有人抱怨《红楼梦》太难读了，读到第五回都没出现有趣的故事！

确实，这本书的开场太复杂——先是女娲补天，大荒山无稽崖青埂峰下，顽石通灵；又是西方灵河岸边神瑛侍者浇灌绛珠仙草；又是地陷东南，东南一隅姑苏城里甄士隐家；又是冷子兴演说荣国府，葫芦僧判断葫芦案。天上人间，绕来绕去，比京剧的"过门"还长。

每每听到这样的抱怨，我会建议：那就从第六回开始读。从这一回开始，贾府的故事才算拉开帷幕。

开启故事的是刘姥姥，一个乡下老太太。她靠两亩薄田，跟着女儿女婿一起生活，是个积年老寡妇。她女婿狗儿的祖上曾是小小的京官，因贪慕凤姐娘家王家的势力，便"连了宗"，于是与京城豪门有了点瓜葛。如今，家贫难以度日，女婿又一向不争气，刘姥姥便想去荣国府打打秋风，碰碰运气。

就这样，刘姥姥带着外孙板儿，进了城，来到荣国府的门口。一入侯门深似海，荣国府何其"大"，刘姥姥何其"小"！小与大，贫与富，卑微与高贵，就这样相遇了。

刘姥姥绝非等闲人物，她是有故事、有使命的。在前八十回，她来过两次。缺失的八十回后，她还来过，而且是来办大事的。荣国府由盛至衰，她是见证者，也是参与者。

第三十九回，刘姥姥第二次来到荣国府。这次，刘姥姥居然见到了贾母！按理，这两个人不可能有交集，但王熙凤怜惜刘姥姥大老远过来，让她住一晚再走，而贾母正想找一个老人家拉家常。用周瑞家的话说，这就是"天上缘分"了。

刘姥姥一进去，满屋里珠围翠绕、花枝招展，榻上歪着一位老婆婆，身后还有一个纱罗裹着的美人给她捶腿，便知这是贾母，上前行礼，并笑称："请老寿星安。"还有比"老寿星"更贴心的吗？她这一开口，成了！贾母则回称："老亲家，你今年多大年纪了？"

一个"老寿星"，一个"老亲家"，全是阅历，全是人情，一来一去，竟有无限蕴意。《红楼梦》之博大幽深，是因为不仅写了大观园里的少女，还写了更广阔的世界——男人、女人，还有七十多岁的老太太，世相、众生相都在这里。

刘姥姥说自己七十五岁了，贾母赞她健朗。她笑着说："我们生来是受苦的人，老太太生来是享福的，若我们也这样，那些庄稼活就没人做了。"贾母自嘲是老废物，刘姥姥说这是福气。贾母喜欢刘姥姥带来的土特产，刘姥姥说："这是野意儿，不过吃个新鲜，依我们想鱼肉吃，只是吃不起。"两个老太太，世事洞明、人情练达，烟火气十足，居然毫无阶层障碍。

相比第六回中打秋风的忸怩，这次刘姥姥自如多了。一是无须忍耻求告；二是贾母果如平儿所说"最是惜老怜贫"，满面春风，一片善意，让刘姥姥很放松。

第二天，贾母带刘姥姥逛大观园。豪华筵席上，刘姥姥和板儿吃得不亦乐乎，其余众人却个个胃口不佳，各人只拣爱吃的一两点。贾母看见螃蟹馅的饺子，更是皱眉："油腻腻的，谁吃这个！"难怪刘姥姥感叹："你们都只吃这一点儿，怪只道风儿都吹得倒！"看她吃得格外香甜，这些人索性不吃了，就看她吃。

贾母的世界，是趣味，是审美，刘姥姥的却全是实用性。一个精致却沉闷，一个粗糙但鲜活。

要开饭了，众人坐定，第一碗菜上来，贾母刚说"请"，刘姥姥便站起身，高声说道："老刘，老刘，食量大似牛，吃一个老母猪不抬头。"说毕，自己却鼓着腮不语。湘云的一口饭都喷了出来，黛玉笑岔了气，宝玉笑得滚到贾母怀里，王夫人笑得说不出话，薛姨妈嘴里的茶喷了探春一裙子，探春的饭碗都扣在了迎春身上，惜春笑得拉着她奶妈叫揉肠子……看她吃鸽子蛋，那"老年四楞象牙镶金"的筷子太重了，好不容易撮起一个来，才伸着脖子要吃，偏偏滚在地上，待要去捡，早有丫鬟收拾走了。凤姐说一两银子一个呢，她叹道："一两银子，也没听见响声儿就没了。"

此时众人已没心思吃饭，都看着她笑，竟是从未有过的肆意和快活。

作为一个老牌贵族家族，荣国府里的礼节，可谓多如牛毛，"武装到牙齿"。上下尊卑、男女之别，真是处处有讲究，事事有规矩。只是，文化过于精致，生命力便会在层层的包裹中窒息。就像茄鲞，用好多只鸡和香菇去配它，却没了茄子味。

人心更是散乱。从主子到奴才，个个都揣着小算盘，明争暗斗，拉帮结派。邢夫人对王夫人、王熙凤充满怨怼；贾赦在中秋之夜，说偏心母亲的笑话，刺痛了贾母；赵姨娘则满怀失意者的忌恨；贾琏一有机会就偷鸡摸狗，在鲍二家的面前咒凤姐……探春说："咱们倒是一家子骨肉呢，一个个像乌眼鸡，恨不得你吃了我，我吃了你！"

丑角一样的刘姥姥，竟像是来拯救他们的。她那黄土地一般的粗粝气质，饱满圆润的生命状态，照出了这个大家庭的另一面——贫乏、无趣、暮气沉沉。贫与富，卑微与显赫，拙朴与精致，世人一向偏爱后者，但刘姥姥一来，这两个世界相互碰撞，也相互照见，界限似乎变得模糊不清了。

有人说，刘姥姥甘当"女篾片"，弄乖出丑，是懂得投其所好，追求利益最大化，这就是精明啊！她的演出很成功，王夫人赏了一百两银子，凤姐额外给了八两，还有吃的穿的用的，一大车值钱东西，这一趟来得太值了！

她哪有那么多弯弯绕的心思！她只是放得开、拿得稳，善于自嘲，懂得放低姿态，不把自己当回事罢了。俗话说："这是知道自己的斤两。"自知，是另一种自尊。

谁不喜欢这样的刘姥姥呢？她不"我执"，不拧巴，像水一样随物赋形、随遇而安。不焦虑，不怨恨，接纳自己的窘迫，也能谅解别人。孔子说子路："衣敝缊袍，与衣狐貉者立，而不耻者，其由也与？"他在夸子路，尽管穿得破破烂烂像个乞丐，跟穿狐皮大衣的人站在一起，也不猥琐、不气馁。

刘姥姥也担得起这样的褒扬。饭毕，她看着李纨与凤姐对坐着吃饭，叹道："我只爱你们家这行事，怪道说'礼出大家'！"凤姐和鸳鸯赶紧道歉："您可别多心，刚才大家闹着玩呢。"刘姥姥却说："哪里的话，咱们就是哄着老太太开心，有什么可恼的！你先嘱咐我的时候，我就明白了，不过是大家取个笑儿，我要心里恼，也就不说了。"全是体谅。她内心敞亮着呢。

正因这满满的善意，后来荣国府大厦倾覆，家族败落，凤姐被休，巧姐被狠舅奸兄卖到烟花巷，是刘姥姥，倾家荡产救出了巧姐。巧姐的判词上画着一座荒村野店，一美人在纺绩，"偶因济刘氏，巧得遇恩人"，正是在刘姥姥的帮助下，巧姐脱离苦海，最终嫁给了板儿，这是不幸中的大幸。

板儿和巧姐居然成了夫妻！最不按常理出牌，最天马行空的还是命运。只是，当刘姥姥鼓起腮帮子当"女篾片"，众人哄堂大笑的时候，谁会想到这样的结局呢？

同样是"篾片"，《金瓶梅》里有一个应伯爵，特别善解人意，西门庆最喜欢他。他当中间人，给西门庆介绍生意，自己也得了不少好处。连黄三李四来找西门庆借贷，他也能倒腾出三十两银子的抽头，平日蹭吃蹭喝，拉着西门庆在丽春院里听戏喝酒，都是他最擅长的营生。但西门庆死后，应伯爵很快就挂靠了另一个土豪张二官，还把西门家的几个得力小厮也挖走了。

一样的处境，人性却大不同。应伯爵只是食客，刘姥姥却有春秋时代门客的古风——食君之禄，忠君之事，赴汤蹈火，在所不辞。

回到那日贾母带刘姥姥逛大观园，吃完酒席，还去妙玉的栊翠庵喝了茶。刘姥姥去小解，却在园子里迷了路，七弯八拐，走进了一个地方，只见锦笼纱罩、金彩珠光，还有一面大穿衣镜，她不小心触动机关，又进了一个门，门里却有一副床帐，是天下最精致的所在。酒醉之人，便一歪身，睡倒在床上。待袭人进来，听见鼾齁如雷，闻得酒屁臭气，却见刘姥姥爹手舞脚，在床上酣睡，不由得大惊失色，连忙推醒她，再三叮嘱她保密，又悄悄整理好床铺，再拿百合香熏上。

如果这是在妙玉的栊翠庵，妙玉一定恨不得用水把地面洗破皮。她招待贾母喝茶，用的是成窑五彩小盖钟，贾母给刘姥姥喝了一口。事后，妙玉满脸嫌弃，要扔掉杯子。宝玉忙赔笑说就赏给刘姥姥吧，她卖了也能度日。妙玉说："幸亏我不曾用过，否则砸碎了也不能给她。"

宝玉也有洁癖，他的房间是媳妇婆子们的禁地。在他眼里，女儿们个个清净洁白，是宝珠，发出五彩之光；出嫁了就变成了死珠，毫无光彩；再老了，竟是"鱼眼睛"，更加可恶可恨。但他一尘不染的卧室，偏偏劫遇了"母蝗虫"，被刘姥姥撒了野。

曹公为什么要这样安排？他是故意的，给宝玉开了一个玩笑，同时也是一种警醒：清与浊，卑微与高贵，其实不容易分辨。更何况，到头一梦，万境归空，在命运面前，众生平等，还是谦卑一些好。

如果宝玉知道真相，刘姥姥曾这样"荼毒"过自己的卧室，会做何反应？

曹公笔下的人，个个是多面体，有多向度：贾母"享福人福深还祷福"，儿孙绕膝尚觉不足；宝钗总要当道德模范，珍重芳姿，且行且累；妙玉"躲进小楼成一统"，孤芳自赏却心怀纠结；探春因为自己是庶出，心事重重；王熙凤贪心太盛，聪明反被聪明误；而黛玉，开刘姥姥的玩笑，说她是"母蝗虫"，自己对外面的世界，却所知甚少。

唯有宝玉内心无碍，最为通达。他天真、热情，有赤子之心，对整个世界温柔以待。这样的人，怎会嫌弃刘姥姥？刘姥姥透彻明理、心怀慈悲，正因为如此，她杜撰的雪下抽柴的故事，才能打动宝玉。

对世界有爱与体谅的人，会相互辨认。即使一个是乡野俗妇，一个是富贵公子。

（摘自《读者》2020年第24期）

死得是个读书人的样子

叶倾城

我知道齐邦媛的时候，已是2009年，她85岁，《巨流河》刚刚出版。她90岁的时候，总结自己的一生："很够，很累，很满意。"她教书育人，写作，翻译，提携后辈……一生都在奉献。

她桌上有个牛皮纸袋，装着"预立不施行心肺复苏术意向书"，靠墙放在显眼的位置上。她坦然说到死亡："我跟医生讲，万一我被送来，请你不要拦阻。我对死亡本身不怕，怕的是缠绵病榻。我希望我还记得很多美好的事情，把自己收拾干净，穿戴整齐，不要不成人样，要叫人收拾……不要哭哭啼啼，我希望我死的时候，是个读书人的样子。"

什么是读书人的样子呢？

1935年，瞿秋白被国民党军抓获。6月18日，监刑官走进他的囚室，向他出示枪决命令。已在狱中完成《多余的话》的瞿秋白，此刻正在伏案写诗，听了后头也没抬，答："人生有小休息，也有大休息，今后我要大休息了。"直到把诗写完后，他才起身去刑场，选了一块草坪，盘腿坐下后，对刽子手点头微笑说："此地甚好！"然后慷慨就义——是读书人的样子。

2003年，作家苏伟贞的丈夫张德模因食道癌复发再度入院，知道没有离开医院的可能性，他还要求妻子："带书给我看。"不是对未来时光有规划，只是读书人一生的日常模式，不打算因为疾病而断裂。苏伟贞每天带一摞书进去，再将他看完的一摞带出来。病情渐次危重，他把其中一本厚书掷出来："这本不要了，我怕我来不及看完。"几天后，他进了急救室，再没出来。床头柜上的书，还翻开着。死亡，割断时间，使其成为"生前"与"死后"；阅读，令时间永恒，永恒到一句话、一条画过的横线。活到老，读到老，读到最后一刻，这是读书人的样子。

最令人羡慕的，当属董鼎山。

2015年年初，93岁高龄的董鼎山给读者写了一封告别信："'向读者告别'——怀了无比沉痛的心情，我写了上面五个字，向多年来的读者们告别，结束将近80年（14岁开始发表文章）的'写作癖好'（我说'癖好，而不说'写作生涯'）。"他老了，死神一直在追他，与死亡伴生的衰退、疲倦、软弱、病痛……都在追他。

他谢过最后几位专栏编辑、出版社编辑与有心文友，最后的话是："再会了，读者朋友们。如有来讯，将使我非常开心，以解除我的寂寞。"

作为读书人的他，先行离去；他的肉身，在2015年12月，也安然静默。

这是我能想象的，身为作家，最体面优雅的死亡：结束最后一部连载，停下最后一个专栏，结束最后一部书的三校。不想出版的日记、信件烧毁，想留存于后世的交给助手。半生收藏的书籍，有价值的移交给图书馆，其他的谁爱看谁拿去。向所有人说过再见后，慢慢地，在近百之年，合上眼睛。

死得是个读书人的样子，真是至大福气。但愿我有。

（摘自《读者》2016年第8期）

读书会给人好胃口

六神磊磊

经常被问道：读书有什么用？这很难回答。但我觉得至少有一点好处：读书，可以给我们好胃口。

小时候我最讨厌吃白水煮鸡蛋，觉得难以下咽，但我妈总要每天早上塞我一个。当时我很痛苦。后来，一本小说改变了我的胃，它就是《追风筝的人》。那只是一段很简单的情节：主人公和父亲去野餐，他们坐在湖边，吹着风，聊着天，吃着夹腌黄瓜和肉丸的馕饼，还有水煮蛋。不知道为什么，在读到这一段的时候，我忽然觉得很馋。

有时候，你会在一瞬间忽然明白一种食物的好处。一个剥好的蛋，白嫩、圆净，一口咬下去，绽出溏心，这种食物不是很棒吗？更何况，它居然只要几毛钱。这么平价的好东西到哪里去找？慢慢地，我早餐爱吃白水煮鸡蛋了。

　　除了鸡蛋，还有猪肝。过去，每当有猪肝端到面前，我都会自动弹开一尺远。居然也是一本小说拯救了我——《许三观卖血记》。在小说里，人们每次卖了血，两腿打着哆嗦出来时，总要找家饭店，点上一盘炒猪肝。他们认为，吃了猪肝，身体就会恢复，日子就会变美好。这本书让我恍然大悟：原来炒猪肝是一种可以让灰暗的生活变得有滋味的东西。就这样，我开始好上了爆炒猪肝这一口儿。

　　还有很多食物，像牛肉、蘑菇，都是书籍让我喜欢的。小时候我不吃蘑菇，让我洗心革面的，是一个意大利作家写的《城里的蘑菇》。故事中说，有一个很辛苦的工人，有一天惊喜地发现了一簇小蘑菇。工人雀跃不已，像是发现了秘密宝藏。回到家，他向老婆孩子隆重宣布：一个星期内，就可以吃上一盘炸蘑菇啦！但这名工人没能吃上蘑菇，它们被别人先下手为强吃掉了，结果才知道蘑菇有毒。一个小故事，让我知道了蘑菇的稀有、美妙、危险。它成功地打开了我的味蕾。

　　读书真的可以改变人的胃。我喜欢上油豆腐，主要原因居然是鲁迅《在酒楼上》写的那一句：油豆腐煮得十分好；吃鱼爱吃煎的，因为金庸在《侠客行》里说主人公会做菜，"两尾鱼煎得微黄"，从此我对煎得微黄的鱼特别有好感。

　　小时候一直不爱吃牛肉，后来偶然读了一本回忆录集子《决战淮海》，里面说抓到了杜聿明，一看就是个大官，因为他有牛肉干吃，馋得我人生第一次到处找牛肉干。

　　读书，还会让普通的菜变得美味很多。《红楼梦》里的酸笋鸡皮汤，《西游记》里的醋浇白煮萝卜、嫩焯黄花菜，都是街边小店能做的，但书上美美地写过，你吃起来总会觉得更鲜美。就连平时喝的最简单的凉水冲蜂蜜，一想起三国里袁术大帝临死前还喝不上，都油然而生一种幸福感。

水果也是这样。平时我不大爱吃石榴，但唐人笔记里说，南诏的石榴味绝于洛中，所以到了云南总忍不住要试一下。后来，我来到重庆。要说这里什么食物最给我惊喜，不是火锅、小面，而是一种蔬菜——莼菜。在《世说新语》里，驸马王济曾经傲娇地问大才子陆机：江南有什么东西，可以和我这儿的羊酪相比？陆机淡答了几个字——"千里莼羹"。当这样一碗传说中的羹摆在面前时，怎能不激动呢？以前我无数次想象过莼菜的样子，等见面才知道，原来它是那么细小、娇气，像是豌豆上的公主。可不管你怎么美丽，今天都要进到我的胃里。

（摘自《读者》2016年第10期）

大师回答儿童提问

小 贝

　　小孩子提出难以回答的问题时，大人往往会胡乱搪塞，孩子很少有机会得到专业、准确的回答。为此，英国编辑吉玛·埃尔温·哈里斯在收集了孩子们的问题后请专业人士予以解答，并汇集成书。答问的有很多都是国际知名的学者，如语言学家诺曼·乔姆斯基回答"为何动物不能像人类一样说话"时说："关于语言和动物，我们还有许多不懂的东西。有些研究猿猴的科学家相信猿能够学一点人类的语言，我认为这些科学家只是在欺骗自己，猿猴做的是其他事情。"生物学家理查德·道金斯回答"我们是不是都有亲戚关系"时说："我们都有亲戚关系，所有的婚姻都是或远或近的表亲之间的婚姻。"

　　有的问题是几乎每个小孩子都会问的：为什么恐龙灭绝了，而其他动物没有灭绝？有外星人吗？吃虫子会有事儿吗？为什么猴子爱吃香蕉？

从何而知每一片雪花都是不一样的？我为什么胳肢不了自己？（神经科学家回答说："你的大脑总是在预测你的行动，以及你的身体会有何感觉，所以你胳肢不了自己。别人能胳肢你是因为他们会让你感到吃惊。"）

有些问题则像是天才儿童提出来的：人脑是地球上最强大的东西吗？我的大脑是怎样控制我的？有的问题就是哲学问题：如果宇宙源自无（Nothing），它怎么变成有的（Something）？我们为何不能永生？上帝是谁？有小学生问："数字一直那样排下去吗？"数学家马尔库塞·杜·桑托依的回答很生动："有这样一个笑话。一位数学老师问：最大的数字是几？一个孩子迅速举手回答说：一万亿。老师说：一万亿加一呢？那个孩子说：好吧，我的答案很接近了。这个笑话之所以有趣是因为，那个孩子以为老师说的一万亿加一就是最大的数字。实际上，老师是在回答数字是否会一直排下去。如果数字不是一直排下去，那就意味着有最大的数字。但如果有最大的数字，我总可以给它加一，得出一个更大的数。"

有些问题挺成人化，如一个小朋友问："我为什么会感到无聊？"现在小朋友们只要有手机和 iPad 玩，是不会觉得无聊的。专家的回答并不新鲜，但为了便于小朋友理解和接受，他用动物做了类比：动物园里的大象无聊的时候就会心情不好，发脾气，当它的生活太千篇一律时，它就会感到无聊，比如每天吃一样的食物，玩一样的玩具。专家的建议是，感到无聊时，就换一下玩法，活动活动。

书中最有趣的问题是："如果一头奶牛一年都不放屁，然后它放了一个大屁，它会飞到太空中去吗？"美国科普作家玛丽·罗奇回答说，奶牛确实会产生大量气体，大部分都是它的胃消化草时产生的甲烷。但奶牛胃里的气并不是屁。屁是肠子里产生的，奶牛的肠子基本上不进行消化活动。牛不仅不放屁，也不打嗝。牛和其他反刍动物有一个很高明的办法排出甲烷。当一头牛觉得肚子胀，需要排气时，它会把气排出，但不是直接从胃部排出，因为那样会发出响声，暴露其藏身之所。奶牛可以使气体进入肺部，然后悄悄地呼出，假如收集一头牛呼出的甲烷，一年大概有84公斤。火箭专家计算出，84公斤甲烷能够把900公斤的东西喷射33秒，也就是说能把一头750公斤重的奶牛送到将近5000米高的空中。太空始于3万米高的地方，所以奶牛一年不放屁也飞不到太空。

有些答案可能会让小朋友更加迷惑，从而让他们知道，科学的结论跟常识是有很大差距的。比如，有小朋友问：为何血液是红色而非蓝色的？一位医生回答说，人的血液确实是红色的，因为血液中有一种重要的化学物质——血红素，它把氧气从肺部带到身体各处。

成 功

季羡林

什么叫成功？顺手拿过一本《现代汉语词典》，上面写道："成功，获得预期的结果。"言简意赅，明白之至。

但是，谈到"预期"，则错综复杂，纷纭混乱。人人每时每刻每日每月都有大小不同的预期，有的成功，有的失败，总之是无法界定，也无法分类，我们不去谈它。

我在这里只谈成功，特别是成功之道。这又是一个极大的题目，我却只是小做。积七八十年之经验，我得到下面这个公式：

天资 + 勤奋 + 机遇 = 成功

"天资"，我本来想用"天才"，但天才是个稀见现象，其中不少是"偏才"，所以我弃而不用，改用"天资"，大家一看就明白。这个公式实在过分简单化了，但其中的含义是清楚的。搞得太烦琐，反而不容易说清楚。

谈到天资，首先必须承认，人与人之间天资是不同的，这是一个事实，谁也否定不掉。十年浩劫中，自命天才的人居然大批天才葫芦里卖的是什么药，至今不解。到了今天，学术界和文艺界自命天才的人颇不稀见，我除了羡慕这些人"自我感觉过分良好"外，不敢赞一词。对于自己的天资，我看，还是客观一点好，实事求是一点好。

至于勤奋，一向为古人所赞扬。囊萤、映雪、悬梁、刺股等故事流传了千百年，家喻户晓。韩文公的"焚膏油以继晷，恒兀兀以穷年"，更为读书人所向往。如果不勤奋，则天资再高也毫无用处。事理至明，无待饶舌。

谈到机遇，往往被人所忽视。它其实是存在的，而且有时候影响极大。就以我为例，如果清华不派我到德国去留学，则我的一生完全不会像现在这个样子。

把成功的三个条件拿来分析一下，天资是由"天"来决定的，我们无能为力。机遇是不期而来的，我们无能也为力。只有勤奋一项是我们自己决定的，我们必须在这一项上狠下功夫。在这里，古人的教导也多得很。还是先举韩文公。他说："业精于勤，荒于嬉；行成于思，毁于随。"这两句话是大家都熟悉的。

王静安在《人间词话》中说："古今之成大事业、大学问者，必须经过三种之境界：'昨夜西风凋碧树，独上高楼，望尽天涯路。'此第一境也。'衣带渐宽终不悔，为伊消得人憔悴。'此第二境也。'众里寻他千百度，回头蓦见，那人正在，灯火阑珊处。'此第三境也。"静安先生第一境写的是预期。第二境写的是勤奋。第三境写的是成功。其中没有写天资和机遇。我不敢说，这是他的疏漏，因为写的角度不同。但是，我认为，补上天资与机遇，似更为全面。我希望，大家都能拿出"衣带渐宽终不悔"的精神来做学问或干事业，这是成功的必由之路。

（摘自《读者》2000年第19期）

蔡元培：培养大师的大师

张国庆

一位外国学者说过："世界上大学校长很多，但没有一个校长能对一个国家产生如此大的影响。"在蔡元培身上，有一种化腐朽为神奇的力量，一种不可言说的人格魅力。

我不去谁去

1916年9月，北洋政府邀请蔡元培出任北京大学校长。当时北大的名声不好，是著名的"官僚养成所"。许多人都劝蔡元培不要去北大，但蔡元培认为做大学校长不是做官，"我不去整顿，谁去呢？"他是抱定整顿和改革北大的宗旨和决心，出任北大校长之职的。1917年1月4日，蔡元培在人们的热切期望中就任北大校长。

给工友鞠躬

蔡元培到北大的那一天，北大师生照例列队相迎。

像往常一样，工友们向新来的校长鞠躬。出乎人们的意料，蔡元培立即给工友鞠躬还礼，这么一个名人、大校长给工友鞠躬，这在当时是不可想象的，此举震惊了北大校园。蔡元培对于所有北大中人，都能一视同仁，从无尊卑之分。老北大的人，不论师生员工，都称蔡元培为"蔡先生"，几十年来一直如此，从不称他的名号和职称。这反映了老北大的人对蔡先生的景仰和热爱。

林语堂，1967年在《想念蔡元培先生》一文中说："蔡先生就是蔡先生。这是北大同仁的共感。言下之意，似乎含着无限的爱戴及尊敬，也似乎说天下没有第二个蔡先生。别人尽管可有长短处，但是对于蔡先生大家一致认同，再没有什么可说的。"

大学是什么

蔡元培说过："大学者，'囊括大典，网罗众家'之学府也。"这便是他治理北大的指导思想。正是本着如此的精神，蔡元培对各种思想、各种主义、各种见解都能兼容并包，使北大成为新思想的摇篮和先进思想的传播者。同时，他也认为大学是培养人才、净化人的心灵的地方，所以也便在中国教育史上第一个提出学生要德、智、体、美全面发展的教育思路。他也是拆除北大"围墙"的第一人，他不但拆除了隔离新旧思想的围墙。还拆除了"贵族学校"的围墙。不仅让工友们和那些没机会上学的青年来北大读书，还破天荒地招收了女生，第一次突破了男女不能同校的藩篱，为中国教育史上的一大创举。

没有学历的梁漱溟

尤为可贵的是，蔡元培在延聘教员时，不完全依据资历，不拘一格选拔人才。1917年1月，留美学生胡适在《新青年》发表《文学改良刍议》一文，提出文学改良主张，引起北大新派教授的注意。蔡元培对这个留美青年能写出这样兴衰救弊和推翻旧案的文章，十分欣赏，遂于9月间正式聘他为北大文科教授，讲授中国哲学史。1919年，他用白话文出版了《中国哲学史大纲》（上卷），蔡元培还特意为之作序。又如，没有大学学历的年仅24岁的梁漱溟，在《东方杂志》发表了一篇《究元决疑论》，曾引起学术界的注意。蔡元培看到后，认为也是"一家之言"，决定破格请正准备去衡山当和尚的梁漱溟来北大讲授印度哲学。

李大钊、李四光、胡适，都是蔡先生请来的。章士钊创立逻辑的学名，北大就请他开逻辑课；胡适和梁漱溟对孔子的看法不同，蔡先生就请他们同时各开一课，唱对台戏。

由于重视延聘选拔有真才实学的各方面人才，容纳各种学术和思想流派，使北大的教员队伍发生了很大变化。一时北大人才济济，学校面貌为之一新。据1918年初的统计，全校共有教授90人，从其中76人的年龄看，35岁以下者共43人，占57%，50岁以上者仅6人，占8%。最年轻的文科教授徐宝璜仅25岁，其他如胡适、刘半农等也都是二十多岁的青年。蔡元培出任校长时也不到50岁，教授平均年龄仅三十多岁。而这时北大本科学生的平均年龄为24岁。所以这时北大的教师队伍是相当年轻的，这给学校带来了朝气，也推动了学校的革新。

"见贤思齐"的国际教育思想

蔡元培曾用"万物并育而不相害，道并行而不相悖"的观点，来解释他的"思想自由、兼收并蓄"的主张。"我素信学术上的派别，是相对的，不是绝对的；所以每一种学科的教员，即使主张不同，若都是'言之成理、持之有故'的，就让他们并存，令学生有自由选择的余地。"蔡元培是比较能正确评价中西文化，能够没有偏见地同时看到中西文化传统中优缺点的少数人之一，他既不是国粹派，也不是民族虚无主义者。他认为各民族间互相师法才能有进步和发展，在世界历史上，一个民族文化的进步，都包含对其他民族文化的吸收和消化。中国自汉至宋吸收了印度文明，在哲学、文学及美术方面，"得此而放异彩"。而自元以来的六百多年间，则墨守成规，不思进取。他批评那种单纯指摘别人缺点而拒绝学习的妄自尊大的态度，他说："社会上一部分之黑暗，何国蔑有？不可以观察未周而为悬断也。"

蔡元培很重视邀请外国学者来校讲学和举办讲座。

许多著名学者都曾先后到北大讲学。蔡元培也认为对外国文化思想应择善而从，重在消化，反对简单模仿和全盘欧化的错误倾向。他在北大很重视派遣教员、学生出国留学，直接学习外国文化科学知识。

以人格来创造人格

蔡先生的了不起，首先是他能认识人，使用人，维护人。用人得当，各尽其才，使每个人都能发出自己的热和光，这"力量可就大了"。被蔡先生的民主作风和爱护青年、支持进步事业的精神笼罩着的北大，不仅成为中国新文化的发源地，同时也成了中国革命优秀干部的培养所。这就是北大永远不能使人忘怀的原因。

高廷梓充满敬意地说："我不是反对人们做青年事业，实在青年真是需要领袖，但是我要替现代青年们喊出个恳切的要求：以人才来领导人才，拿人格来创造人格。"

海纳百川

蔡元培"在学问上虽不是一个专家，而是一位通儒，通儒不是样样都懂，而是能通达事理，明辨是非，不固执，无偏见，胸襟豁达而又虚心的读书人"。在文学、史学、伦理学、美学、政治学、教育学乃至科学技术等方面，都有很深的造诣。可以说，他是一个多维度的思想家。正是这种"通人"的特性，使他能够对于主张不同、才品不同的种种人物，都能兼容并包，而开一代风尚，孕育了无数风流。

北大的门，谁都可以进

蔡先生第一次向全校学生演说，即指明："大学学生当以研究学术为天职，不当以大学为升官发财的阶梯。"在蔡元培看来，"第一要改革的是学生的观念"。没有方向的小鸟是飞不远的。

蔡元培从他强烈的爱国主义思想出发，极为重视人才的培养，让更多的人有受教育的机会。"一个人不但愁着肚子饿冬而且怕脑子饿。"他反对把大学办成衙门式的，积极倡导平民教育，主张大学"人人都可以进去"。

他主张学校的学术活动和课堂的教学活动，都应该向社会公开，实行旁听生制度，这些旁听生中后来有不少人成为革命者或学术上有造诣的人才，如柔石等，著名翻译家曹靖华也是由旁听生后入本科的。他还鼓励和支持学生创办平民夜校，并把它作为沟通学校与社会的一个渠道和大学生为社会服务的一项措施加以提倡。邓中夏和许德珩等人发起的平民教育讲演团就是在蔡元培的思想羽翼下成长起来的。

"化孤独为共同"是蔡元培对大学生的一个希望。

活跃学生就是活跃学术

从1917年11月16日起，经蔡元培倡议，出版了《北京大学日刊》。"北京大学的几种杂志一出，若干种的书籍一经印行，而全国的风气，为之幡然一变。从此以后，研究学术的人，才渐有开口的余地。专门的高深的研究，才不为众所讥评，而反为其所称道。"他还组织各种学术研究团体，把学生的课余兴趣吸引到学术研究方面来。蔡元培殷切希望学生专注学业，但又不赞成死读书。他说："研究学理，必要有一种活泼的精神，不是学古人'三年不窥园'的死法能做到的。"

蔡元培的热心提倡和身体力行，一扫北大过去腐败的校风，造成了浓厚的学术研究气氛。师生间问难质疑，互相切磋；著书立说，受到鼓励；学术争辩，各抒己见。1920年入北大的政治系学生萧一山，充分利用北大的条件，于1923年出版了他的力作《清代通史》（上卷）。李大钊、梁启超等都为其作序。这出自一位21岁、尚未大学毕业的青年之手，成为轰动一时的史界盛事。

莫失"我"性

蔡元培认为教育应"尚自然、展人性",反对"守成法、求划一"。主张因材施教,培养高层次的研究人才。他说:"大学并不是贩卖毕业证的机关,也不是灌输固定知识的机关,而是研究学理的机关。"为此,他在北大创见性地实行了选科制和学分制,调动了学生学习的积极性。蔡元培的一个重要的改革是考试分数不再公布,目的是希望同学为学问而学问,而不是为成绩而求学。

他对留学的同学说:不要失去"我"性,作为中国人的个性,不要被同化。这些话,在今天似乎还有着很深的寓意。"教育者,非为已往,非为现在,而专为未来。"也许,蔡元培先生在青年学子们身上已经看到了中华民族的灿烂未来。

(摘自《读者》2000年第18期)

孔子在雨中歌唱

林语堂

尽管孔子缺点难免，经常疏忽大意，但他不失为一位富有魅力的人物。其魅力在于他具有强烈的人情味和幽默感。《论语》中记载的许多格言，只有当作孔子与其亲近弟子之间轻松幽默的谈话来读，才能得到正确的理解。

有一次，孔子与他的弟子在郑走散。有人看见孔子站在东门，便告诉子贡："东门有人，其颡似尧，其项类皋陶，其肩类子产，然自腰以下不及禹三寸，累累若丧家之狗。"他们重逢后，子贡把那人说的话告诉了孔子，孔子说："形状，末也。而谓似丧家之狗，然哉！然哉！"我相信这就是真实的孔子，他强挣扎，时而得意，时而沮丧，但总是保持自身的魅力和良好的幽默感，也不惜自我嘲弄。这是真实的孔子，他并不是一些儒家学者和西方汉学家欲使我们相信的那种圣洁完美、无可指摘的人物。

实际上，人们只有通过孔子的幽默感才能真正鉴赏他的人格美。他的幽默不是庄子式的睿智和讥讽，而是和蔼可亲、听天由命的，这更具典型的中国特色。孔子的人格美经常不为批评家所注意，要感知他身上的巨大吸引力和真正可爱处，唯有与他朝夕相处，形影相伴，就像他的门徒与他那样亲密无间。在我看来，孔子的伟大不在于他是社会公德的光辉典范，也不在于他是中年初出茅庐便杀少正卯的激进改革家，而在于他是中年老成的孔夫子。他在政治上失败后，潜心从事学问研究。

《史记》记录他一生中这段时期的事迹，蕴含着动人心魄的力量，却以幽默的情调结尾，因为孔子总是敢于嘲笑自己。

那时，孔子周游列国，想找到信任他的统治者，让他掌权，结果四处碰壁，饱受羞辱。他两度被捕，还曾与弟子挨过七天饿，因为他像疯狂的预言家一样游说各国，而得到的却是轻蔑、嘲笑和闭门羹。他愤然离开齐国，连半小时就能够做熟的午饭也等不及吃，仅带上从锅里舀起的湿米就走了。在卫国，他屈辱地坐在车上，跟随卫灵公夫人的车子招摇过市，他只得自我解嘲说："吾未见好德如好色者也。"他论说仁义时，卫灵公仰头看着凌云展翅的大雁，于是他涉黄河往见赵简子，却又遭间阻。他在黄河边叹道："美哉水，洋洋乎！丘之不济此，命也夫！"因此离开卫，又回到卫。再离卫后，他接连去了陈、蔡、叶诸国，跟随的是几个忠诚的弟子，他们犹如一群流离失所的人。这时弟子也露出了失望的神色和些微的懊悔，但据说孔子仍旧"讲诵弦歌不衰"。

孔子在雨中歌唱，谁能不为雨中高歌者所感动？他在那里，带着弟子四处漂泊，无计可施，无路可走，他们像一群难以言状的叫花子或流浪汉，但他仍会开开玩笑，没有愤怒的情绪。我不明白，中国画家为什么不绘出一幅最能表现孔子其人的荒野图？

（摘自《读者》2020年第14期）

让她好好做一只桃子

吸引我注意力的，是她那大而圆的眸子，没有潋滟的水光，反之，像两口干涸的井，空荡荡的，让人看了心慌。

我去查阅她的档案，发现她是在单亲家庭里长大的，母亲已逝，父亲是建筑督工。

我静静地读她。

上课时，当大家就同一课题七嘴八舌地发表意见时，她却像一尊石像，纹丝不动，仿佛她是班上一件多余的装饰品。有时，进行分组活动时，大家都把她当瘟疫，刻意避开。她好像也不怎么在乎，把目光转向窗外。每当我强行把她加入其中的一组而大家都不肯也不愿掩饰心中的不满时，她的眸子，便像被钳子夹住了，散乱的目光里，牵牵绊绊的全是痛楚。

除高度不合群外，惜语如金的苏佳燕倒不是一个问题学生。作业准时呈交，虽然表现不佳，可我看得出她已经尽力了。由于她成绩平平，各科老师都很少提及她。然而有一天，她的名字却出其不意地从周老师口里跳了出来。

周老师教的是家政。那一天，我们一起在食堂用餐。我买了一碗水饺，一只只"营养不良"的水饺，无精打采地浮在缺乏内涵的清汤里——真是鸡肋啊。我索然无味地吃着时，周老师突然对我说："苏佳燕是你班上的学生吧？"

"是啊！"我抬头看她，"她给你添麻烦了吗？"

"才不呢！这学生，实在是太棒了！"周老师竖起了拇指说，"那天，我教学生做水饺，她搓面粉的力道、包水饺的手艺，可媲美专业厨师！你知道吗，当其他同学还笨手拙脚地搓弄面粉时，她早已擀好了面皮，手指灵活万分地捏捏压压，一只只外形漂亮的饺子便好像有了生命。"周老师啜了一口茶，继续说，"她的味蕾敏锐得不得了。水饺煮好后，她对我说，老师，圆圈缺了一个角。我起初听不明白，后来才知道，她指的是水饺缺了一种调味品，原来我忘了在馅料里洒上麻油。还有一次，我在家里卤了茶叶蛋，带来请学生吃。她尝过之后，对我说道，如果能在煮卤汁时加入一点点当归，茶叶蛋就能'活'起来。我依她的话去做，果然发现茶叶蛋有了一种过去没有的深邃滋味。她居然能在我所用的十多种卤料当中品尝出我没放当归！你说，奇不奇呀？"

很高兴周老师让我看到了一个截然不同的苏佳燕，我觉得这是一个接近她的突破点。

第二天下课后，我偷偷观察苏佳燕。当其他学生都一窝蜂地拥向食堂时，她却拿着一个塑料盒走到校园一隅，安静地坐在树下的石椅上。

　　我在她旁边坐了下来，她的脸、她的身体立刻条件反射似的绷得紧紧的，整个人像一只刺猬。我微笑着说："佳燕，怎么没到食堂去啊？"她垂下眼睑，半响，才以细小的声音应道："我自己做了三明治。"我说："我喜欢三明治，在家常做，不过，我通常只会做最简单的鸡蛋三明治。"她看了我一眼，眸子里有了一点亮光。她主动掀开盒盖，问我："老师，你要尝尝吗？"我一看，忍不住暗暗喝彩，她做的是多层三明治，五彩缤纷，真像艺术品啊！我问："你用了什么馅料？"她一听，便来劲了，说："第一层，我用煮熟的鸡蛋掺入盐和牛油；第二层，熏肉以薄油煎过，配上切片的黄瓜；第三层，火腿切碎，拌蛋黄酱和杧果粒。之后，再层层相叠地嵌入面包里。每一层的用料都不相同，看起来很不和谐，可是合起来，滋味却非常丰富。"我暗暗吃惊。她讲话条理分明，而在说这些话时，她眉飞色舞的样子和平时判若两人。她把三明治递给我，说："老师，你尝尝。"她脸上的那份热切使我不忍拒绝。盒子里整整齐齐地放着两个三明治，我取了一个。吃着时，犹如乐队在味蕾上奏着交响乐，口感华丽，一时只觉花好月圆、岁月妩媚。我把周老师的话转告她，看到笑意从她的眼角一直蜿蜿蜒蜒地流到嘴角。

　　谈着谈着，上课钟声响了。我向她道谢，就在我站起来时，她忽然仰头对我说："老师，我其实不想念书，我觉得读书很辛苦。我喜欢厨艺，我想当个厨师。"当时，我没有意识到她在对我说出这些话时，其实已经痛苦得近乎崩溃了，我只是老生常谈地劝告她："你先把书读好，考到中学文凭后，再考虑以后的去向。"她一听这话，眸子又快速地蒙上了一层厚厚的灰尘。我完全不知道，这其实是一个危险的信号；我更不知道，因为我的这几句话，她好不容易打开的心扉，又紧紧地关了起来。她就像一个热水瓶，外表看上去完好无损，瓶胆却已经四分五裂了。

我是在学校三月份小考来临前的一周，看到这个可怕的"裂痕"的。

那一天，我正教导学生如何应付"理解问答"这个考试项目，突然瞥见苏佳燕低着头，头颅上上下下地移动着，再仔细看，天啊，她好像小狗一样，伸出红红的舌头，在舔语文练习册上的字！我赶快对班上的学生说："现在，限你们在一分钟之内，把答案找出来！"趁大家全神贯注地寻找答案之际，我快步走到苏佳燕身旁，她还在起劲地舔，练习册早已被她舔得湿漉漉了。我敲敲她的桌子，她神情茫然地抬起头来，嘴里蓦然吐出三个字："字，很苦。"此刻，一种非常悲凉的感觉在掠过我的心头。

很明显，苏佳燕的精神已经出了问题。

当天下课后，我去找其他科目的老师，细谈之后，更证实了我的看法。英文老师告诉我，上课时，苏佳燕突然将课本高举过头，不断地以课本摩挲自己的头；文学老师说，苏佳燕不时以拳头击打自己的脸颊；数学老师说，苏佳燕在课堂上喃喃自语……我与校内的心理辅导员莫先生安排了时间，带苏佳燕去见他。在那长达两个小时的晤谈里，莫先生巧妙地把苏佳燕藏在内心最深处的话掏了出来。

莫先生于事后呈交的报告中明确指出，苏佳燕精神失常，是因为她无法承受过于沉重的考试压力。他建议让她暂时休息几个星期，等精神状态平稳了，再回来上课。

我拨电话给她父亲苏明华，请他次日到学校来谈谈。

第二天，苏明华准时到校。肤色黝黑的他，像一座塔，直挺挺地站立着，显得非常高大。和他的魁梧毫不相衬的，是他的神情——有点不安、有点困窘，甚至有点腼腆。我请他到会客室去，他一坐下，便搓着双手，说："是不是佳燕触犯校规了？"说这话时，他一副忧心忡忡的样子。我把苏佳燕在学校的反常举止告诉他，请他让苏佳燕暂时居家休息。一听这话，他原本非常柔软的目光，突然变得很坚硬，眼神里，有一种不容置疑的权威、一种不容反驳的固执。他语调激动地说："啊，只因为孩子上课偶尔有些顽皮的举动，你们便要她在家休假，这是什么道理、什么逻辑呢？"看到我愕然的表情，他叹了一口气，降低声音，继续说，"我要供她念大学，这是她母亲的遗愿啊！她母亲在她六岁那年患上绝症，走了。我一个人把她拉扯长大，不容易啊！我们的社会文凭至上，不读书，哪能过上好日子？"说到这儿，他钢铁般的目光突然闪出了柔弱的祈求，"老师，您就让她继续上学吧！在小考期间，我会亲自载她来学校的。"说完，站起来，与我握手，"老师，拜托您了！"他厚厚的手掌濡着汗，却又是冰冷的。

接下来的两三天，苏佳燕又恢复了常态。不过，走路时，她好像一个飘浮着的纸人，一下一下地踩在空气里。

小考那天，苏佳燕居然缺席了。我拨电话给她父亲，他的声音非常沉重："啊，我今天早上送她到学校时，她不慎从电单车的后座跌落，受了伤，现在在医院就医。"

我赶去医院，躺在床上的她像一片失去了绿色的叶子，那是一种比死亡更令人绝望的情况啊！

探访过后，她父亲客客气气地把我送到停车场，口口声声自责因其疏忽而导致意外。我听着听着，忽然冲口而出："其实，这场意外的发生，不关你的事，是她自己想要寻死的。"他脸色大变，失去控制地喊道："你是老师，怎么会说出这样不负责任的话？"夏虫不可语冰，我快速发动车子，绝尘而去。有句话，被我嚼碎于唇齿间而未说出："你是她父亲，怎么非将女儿往死里推？"她生而为一只桃子，他却毫无转圜地要她做一个椰子！

一个星期过后，苏佳燕出院返回学校。年中考试迫在眉睫，无形的压力乌云般笼罩在校园里。正当大家紧锣密鼓地积极备战时，苏佳燕又出状况了。有时，她像个无主孤魂漫游于校园；有时，她会蹲在草地上拔草，将拔出来的草砌成一个小小圆圆的"绿色蛋糕"，还摘些花卉当作糖霜点缀其上；有时，她会坐在草地上，将一大沓剪成方形的白纸折成一只只元宝的样子，再仔细一看，这哪是元宝，分明就是一只只等待下锅的饺子！

我们把苏明华再度请来学校。这一回，校长、心理辅导员、所有任课老师都出席了会议，大家一律劝他让苏佳燕退学。然而，我们发现，和我们对话的是一块磐石。他那种"万般皆下品，唯有读书高"的心态，谁也休想撼动半分。谈了老半天，他就只有一句话反反复复地挂在嘴边："我要她上大学。"苏佳燕种种失常的举止，居然被他看成是"释放压力"的方式。正当大家都束手无策时，周老师突然以诚恳的语调说道："苏先生，苏佳燕在烹饪上很有天分，或者，你可以考虑让她转到烹饪学校去……"话还没有说完，便大大地触怒他了，他失控地拍了拍桌子，喊道："你们怎么了？一个劲儿要她退学，现在，还要劝她去当厨师！你们这样的态度，也配当老师吗？"

大家面面相觑，会议不欢而散。明明看到树木已经被白蚁蛀得岌岌可危，我们却无计可施，那种焦灼感和无力感，使我寝食难安。

过了一周，大考终于掀开序幕。

大考的第一天，苏佳燕竟然又缺席了。我拨了许多通电话，都联系不上。学校杂务，排山倒海，一直忙到下午四点多，拨冗打电话过去，电话铃声一直响、一直响，却没人接听。

我的眼泪，如滂沱大雨，汹涌而下。

苏佳燕，原本可以做一个很甜的桃子，而桃子是可以很快乐的。

（摘自《读者》2018年第22期，本文有删改）

青春的纸条

余显斌

那时，我还在读初三，正是情感懵懂的时候。同桌是个女生，很美，一笑，让人心中一片明亮。

有一天上午第四节课，是班主任王老师的课。他教我们语文，戴着一副眼镜，古诗词基本功很好，能将随便一首诗词，分析得鸟语花香、春光灿烂，让我们沉浸其中，难以自拔。

可是，他有一个缺点。他把班上的女生男生看得忒紧，不许我们走得太近，不许有恋爱迹象，用他的话说："豆子大的娃娃，好好读书。"

那天上课时，他正在滔滔不绝地讲课，眼睛突然一斜，马上停下了，然后快步走到我面前，伸出手说："拿出来！"我红了脸，悄悄把手中那张没来得及打开的纸条揉成团，丢到地上，左顾右盼，假装不知道他说的是什么意思。他俯下身子，拾起那个纸团，严肃地对大家说："这是吴晓蒙给周至的纸条。"吴晓蒙是我的同桌，周至就是我。

他转身问同学们："这样的纸条被发现该怎么办？"大家听了，异口同声地回答："读！"

他打开来看，眉毛一挑，瞪大了眼睛。同学们都起哄道："读，读。"他咳嗽一声，字正腔圆地读起来："周至同学你好，你的英语那么棒，能教一下我吗？我特别想考上重点高中。"

他读完，大家都不说话了，望着我们俩。

"不是我们想象的那么回事。"他叹了口气，"看来，是我想错了，把同学们的关系想得太复杂了。现在，我得向他们道歉。"说完，他真的向我们道歉了。接着，他号召全班同学向吴晓蒙和周至学习，同桌之间组成学习小组，互相帮助，共同进步。而且，他当场预言，吴晓蒙同学和周至同学有如此认真的学习态度，一定能考上重点高中。

全班同学听了，都鼓起掌来。他笑着把纸条随手装入衣兜，也跟着鼓起掌。

以后，我们班的同学整日挤在一起，叽叽喳喳地讨论着学习，如一群鸟儿。我和吴晓蒙，竟然成了大家效仿的对象。我们当然不甘落后，不只是因为我们成了大家的榜样，更因为，王老师在课堂上为我们打了保票，说我们一定能考上重点高中。那年，我们班考得出奇的好。我和吴晓蒙都如愿以偿考上了重点高中。临走，王老师拿出那张纸条，悄悄还给了我。纸条上写着：周至，我很喜欢你，你呢？

（摘自《读者》2015年第6期）

绝食捉贼

汤园林

近代教育家夏丏尊曾经在浙江一师做舍监。看见学生玩狗，他要唠叨一句："为啥同狗为难？"放假了，学生走出校门，他要在后面喊一句："早些回来，别吃酒啊！"学生走远了，他还要踮着脚在后面再补充一句："铜钿少用些！"

因为他什么事儿都管，婆婆妈妈的，大家索性称他为"慈母"。

有一次，一位同学在宿舍里丢了东西，告到夏丏尊那，并且说出了怀疑对象，希望夏丏尊去搜查。

夏丏尊一时非常为难，搜查学生铺位，他是万万不肯的，觉得这有辱学校和学生尊严，可是，学生丢失的东西若不找回来，他这个舍监也当得太不称职了。为了找到解决办法，他愁眉苦脸地到处找同事帮忙出主意，结果那些主意要么他不屑于做，要么太过偏激没法做。思来想去，最终，他决定来个绝食捉贼。

他在宿舍楼外贴了个告示，让偷东西的学生速速前来自首，并说犯错不要紧，诚实承认依然是好学生，如若不然，便是他这个舍监的失职，是他没有教育好学生，他愿绝食谢罪。学生一日不来自首，他便一日不肯进食。

此告示一经贴出，立即轰动全校，所有人的目光都投到了夏丏尊身上，密切关注着事态发展。夏丏尊说到做到，从告示贴出之时起，便滴水未进。最终，那个偷盗的学生受不了良心的谴责，主动找到夏丏尊承认错误，并交出了所偷的东西。

学生犯错，他痛心疾首，却又不愿大肆搜查伤害学生的自尊，绝食之举，表现出他对学生充分的信任和疼爱，这份爱和信任最终让学生受到感化，从而迷途知返。夏丏尊曾说："教育之没有情感，没有爱，如同池塘没有水一样。没有水就不成其为池塘，没有爱就没有教育。"

（摘自《读者》2014年第2期）

一碗"老芋仔"的阳春面

陈文茜

11岁之前,外婆对我疼爱照顾,无微不至,直到她突然心脏肿大,住进了台中中山医院加护病房。

那是某一个傍晚,外婆突然喘不过气来,四阿姨一看不对劲,赶紧带着外婆去医院。

随后,我又跑又走了约莫30分钟的路程,经过了十几个红绿灯,穿越了许多不熟悉的街道,不断问路边人:"请问中山医院在哪里?"那是我的第一次"流浪",我知道我从哪里来,却不知道自己的远方有多沉重。我明白一个11岁孩子在医院里不能做什么,但是我必须抵达那里,那里有我在人间唯一的依靠。她躺在隔着高墙厚门的一间病房里,正被急救,医生说她可能抢救不过来了。

我不是一个节俭的孩子,外婆给多少零用钱我就花多少,只有透支,没有节余。深夜，我茫然地回家，口袋里只有五块台币，此刻我饥肠辘辘，下意识走到了家对面的面摊子，点了一碗阳春面。

面摊的老板是一个外省退伍老兵，做得一手好面。外婆非常疼爱我，常常瞒着阿姨们带我到面摊点卤蛋、海带芽、卤猪耳，外加一碗阳春面。

那个深夜，老板看我一个小孩走进来只点了一碗阳春面，便惯常地问："卤蛋不要吗？"我平静地回答："不要。"

第二天，当然没有人帮我准备中午的便当，正在长身体阶段的孩子，到了放学，已饥饿难忍。于是我又走到面摊前，问老板："我可以只要半碗阳春面，付一半的钱吗？"我的声音平静，表情更平静——可能因为我自小倔强，遇到任何状况都不轻易流露情绪吧。老板想了一下，说："好。"没过多久，他给了我一整碗阳春面。我愣了一下，因为我怀疑他没听清，而且我铁定付不出一碗阳春面的钱。我没敢动筷子，走过去拉拉老板的手说："老板，你搞错了……"他立即以浓重的四川乡音回答我："你先吃，我这会儿正忙着，待会儿再说。"于是我坐下来，还没吃完半碗，老板突然往我碗里扔了一个卤蛋，转身又走了。

我静静地坐在那里，想等他忙得告一段落后，再问怎么回事。约莫下午五点，客人少了些，他走过来问我："小姑娘，你外婆呢？"我据实以告。他立即说，"你以后天天来吃饭，外婆会好起来的，你不要怕，她回来了，我再和她算钱。"

那一夜，我的三阿姨从台北赶回来探望外婆，我赶紧告诉她我欠面摊老板钱的事，她当晚就带着我向面摊老板致谢，并还了钱。隔几天，面摊老板告诉我，自己16岁就被抓来当兵，一路打仗逃难，就靠着许多不认识的人一次又一次接济，才能活到今天。"你这女娃儿聪明，好好读书，将来好好孝顺外婆。"

　　11岁的我没有太多同理心，却受到一个孤穷老兵的照顾。我没明白，当他说"好好读书"时，是因为他没有读书的机会；当他嘱咐我"好好孝顺外婆"时，是因为他被迫和父母离散，已无孝顺的机会。那"孝顺""叮咛"是一种遗憾，更是一种想家的表达、深沉的叹息。

　　面摊老板的绰号就叫"老芋仔"。芋仔是一种不需要施肥的根茎植物，扔在哪里就长在哪里。长相不好，烤熟吃起来却甜甜松松，削皮时手摸着，有点发麻。漫山遍野，只要挖个洞，就可找到几颗松软的芋仔。芋仔命贱，"老芋仔"型的外省人，命也薄。

　　外婆后来身体康复了。回家后，她牵着我向"老芋仔"面摊老板致谢。一年后，有一天面摊门口特别热闹，原来"老芋仔"娶亲了；姑娘是从梨山上来的、清瘦娇小的女子，没隔多久就生了小孩，后来常背着小孩在摊前烫面。面摊老板经常带着笑意跟人说话，这迟来的幸福，滋味应该特别甜。

　　后来我还是常常光顾面摊，标准菜式"阳春面加卤蛋"，像一种感念仪式。我几次听到他在旁边教太太，面要煮得好，放下去的时候，得立刻捞起来，再搁回去；千万不能一次烫太久，否则汤糊了，面也烂了。

　　这是我的第一堂"同理心"之课。我不知道我的"同理心"导师识不识字，上了多少学，我甚至写不出他的全名。但他教导我的"同理心"之课，让我终生难忘。

（摘自《读者》2016年第24期，本文有删改）

一滴泪掉下来要多久

顾晓蕊

一

那是一个深秋的早晨，天刚微亮，薄雾还挂在树梢上，我坐车前往山村学校支教。

车在九曲十八弯的山路上盘旋，直到日影西斜，来到位于大山深处的一所中学。

看到四面漏风的校舍，我心里一阵酸楚，决意留下来，把梦想的种子播到孩子的心田。

事实上，远没有想象的那么简单，有个叫李想的孩子，就是让我头疼的学生。

我在讲台上念课文，抬头见他两眼走神，心早飞到爪哇国去了。

我的火气腾地冒上来，大声说："李想，我刚才读到哪了？"

同桌用胳膊捅了捅他，他这才醒觉过来，挠挠头说："读的什么？没听到啊。"

班上学生哄堂大笑。

我气得不知说什么好，示意他坐下，告诉他认真听讲。

这样的事情反复多次，成绩自然好不了。

他还和别人打架，黝黑的脸上挂了彩，问是怎么回事，他不肯说。

有一回，我看到几个孩子围着他挥拳乱打，边打边说："不信你不哭。"

泪水在眼眶里晃，他昂着头，愣是不让它落下来。

我大喝道："为什么打人？"

他们撒腿跑了。

我走上前，想说些什么。

他看了我一眼，转过身，歪歪跌跌地走了。

我心里觉得难过，他到底是怎么了？他的童真哪里去了？

二

有个周末，我到他家里走访。

到那儿一看，我鼻子酸了，破旧的土坯房，屋内光线昏沉。

原来，他父母外出打工，家里只有他和爷爷。

"他父母出去多久了？经常回来吗？"我问。

老人叹气说："他爹娘走了五年，很少回来。"

刚开始那会儿，他想起来就哭，躺地上打滚儿，谁也哄不住。连哭了几个月，眼泪都流干了……"

校园里再见到他，他仍旧上课走神，我却不敢与他的目光对视。

那目光望也望不到底，透着阵阵寒气，充满稚气的脸上有着与年龄不相称的忧郁和漠然。

三

就这样又过了几个月，有一天，听说他的父母回来了，还受了些伤。

事情大致是这样：他的父母坐车回家，赶上下雨，山路湿滑，车翻进了沟里。

幸好只是些外伤，他们在医院住了几天，包了些药，打车赶回了家。

我想去他家看看，路上，听见村民在议论："爹娘出去这么久，回来伤成那样，这孩子跟没事人似的。"

作为老师，我的心像被什么东西揪了一下，有一种深深的挫败感。

走到院里，爷爷正冲他发脾气："你这孩子，心咋就那么硬呢？看到爹娘遭了罪，连滴眼泪都没流……"

话未说完，便听到一声剧烈的咳嗽声。

他倚着门框站着，默不作声。

父亲接过话说："我们出去这些年，他感觉生疏了，这也怨不得孩子。"

母亲走过来，搂着他的肩说："这次出事后，我和你爹也想了，年后包片果园，不出去打工了。"

他低下头，一颗亮晶晶的泪珠，滚落了下来。

刚开始是小声啜泣，到后来变成了号啕大哭。

我忽然懂得，这些年来他有多孤单，有多悲伤。

所谓的坚强，是因为没有一个能让他依靠着哭泣的肩膀。

我眼眶全湿，悄悄地离开了。

四

第二天上语文课，他坐得直直的，听得很认真。

下午是体育课，他跟别的孩子在草地上嘻嘻哈哈地玩闹。

金色的阳光倾洒下来，他的脸上焕发着光彩，整个人都明亮了起来。

他沿着操场奔跑，轻盈得像一阵风。

有同学喊："李想，你的衣服脏了，后面好几道黑印子。"

他头也不回地说："俺娘……会洗的。"

"娘"这个字拖得老长，喊得格外响。

我不知道一滴泪掉下来之前，在他心里奔涌了多久。

但我明白从现在开始，一个美丽的生命，如含苞待放的花蕾，又变得鲜活生动起来。

（摘自《读者》2012年第12期）

那份深不见底的失望

杨　照

女儿的钢琴由江恬仪老师启蒙。女儿六岁进小学音乐班，在江老师之外，还有廖皎含老师教她钢琴。两位老师都对她很好，不只疼她，而且努力想出各种方式让她在钢琴演奏上取得进步。

女儿上中学之后，换了钢琴老师，但她跟江老师、廖老师都保持联络。有一回，她跟廖老师借琴房练琴，练了一阵子休息时，在廖老师摆放乐谱的架子上，发现一件有趣的东西。

那是她自己之前写的一份悔过书，稚嫩的笔迹白纸黑字地承诺着："要保持手指站好，要耐心慢练，要专心上课，不能心不在焉……"最后面是："如果没有做到，老师可以拒绝教我。"女儿用手机把那张还贴在架上的悔过书拍下来，将照片放到"脸书"上，一下子就吸引了许多朋友来点赞和留言。留言中有好几则来自廖老师的学生，他们带点兴奋又带点哀怨地说：“啊，我也写过！”之后，出现了廖老师的留言：“这下大家都知道我是个恶老师了！”

女儿的妈妈有点担心：老师是不是生气了？女儿倒是很有自信：“一定不会，廖老师很有幽默感的。”几天后，妈妈和廖老师在电话里聊天，果然老师以玩笑的态度说：“有一个在美国教琴的朋友看到那张悔过书，还叫我把内容翻译成英文，她要拿去让她那些不认真的美国学生也照着写！”

我不记得自己写过悔过书。照理说，成长过程中犯过那么多错，一定写过，但就是一次都记不得了。或许都是以敷衍态度写的，没有真正的悔过之意，时日久远，就记不得了。但我有一段跟女儿写悔过书类似的经历，却在脑中留下无法磨灭的痕迹。

小学五六年级时，我跟一位个性暴烈的老师学小提琴，课堂上经常被打，痛苦不堪。有一次上课，我心中充满了怨怼，老师愈打我，我愈是不愿意好好将他要的声音拉出来。几次之后，老师突然冷静地说：“收琴，别拉了。”我收了琴，鼓足勇气挺胸正眼对着老师。

老师说出我完全没有料想到的话：“琴留着，你走，回家去。罚你一星期不准练琴。”老师接着又说，“下星期来，你明白告诉我，还要不要学琴！你若说不要，我就把琴还你，以后你就再也不用来了。”

老师后面这一段话，我听了，但没有真正听进去，因为心里光想着要赶快在老师还没有改变主意前离开那里，坐实一个星期不用练琴的“惩罚”。走出老师家门，那种如释重负的快乐，更让我无法真正去思考老师到底说了什么。

一直到星期天，距离下次上琴课只剩下两天时间。再也逃避不了了，也没办法假装忘记老师交代的：“你明白告诉我，还要不要学琴……”我想了想，郑重其事地暗下决心：宁可被老师挥两个巴掌，也要勇敢地说出"不想学了"！

对，说出来，忍两个巴掌，就从每周一次的痛苦中解脱了。

我步伐沉重地走到老师家门口。老师开了门，手里提着我的琴盒，眼睛看着我，没说话。显然他没有忘掉上回的事，他在认真地等我的回答。停了一秒钟，我开口说："对不起，请老师继续教我拉琴。"话说出口，自己都感到很意外，这不是我准备好要讲的，我要说的明明是"对不起，我不想再学了"，为什么话在出口前自己转了弯呢？

多年之后，我才理解在老师家门口究竟发生了什么。在那个时候，在内心深处我明白，如果说"我不想再学了"，老师会有多失望。我甚至明白了，为什么我那么受不了被老师用旧琴弓抽打肩膀——不是因为痛，而是因为老师打人时表现出的失望。他的失望比琴弓打在身上，更让我感到痛。

我做错准备了。我准备着忍受老师盛怒下冲动的两个巴掌，但在那个时候，我知道不会有那两个巴掌，只会有老师很可能完全无言的、深不见底的失望。

我没办法面对那样的失望，就是没有办法。

（摘自《读者》2017年第20期）

记忆中的一爿书店

林文月

　　有时候我觉得疑惑不解，人的一生之中，到底是因为受到一些人的影响或一些事的启示而使他奋发上进，乃至成为不朽的伟人呢，还是因为这个人物已为众人所瞩目，故而他所遭遇的人与事就要变成众口传颂的故事？例如孟母三迁的故事，究竟是因为孟子有一位贤惠母亲，影响其一生，并奠定孟子日后不朽的人格与著述的基础呢，还是因为孟子的著述和人格，而使他幼年时期的故事为人所乐道？又如曹冲称象、牛顿观察苹果落地，以及阿基米德浴缸中的发现等等，其实都是看来极平凡的事情，却变成了人类历史上伟大的故事。苹果随时随处都在掉落，载物重则船沉，池满则水溢，这些寻常的事，倘非发生在不平凡的人物身上，又如何能成为拨开迷雾的根源呢？还是毋宁说：许多事件都是借不平凡的人物而在历史上大放光明了。

　　可是，一个平凡的人在其一生当中，会不会也有一些人物或事件影响他，刺激他，给他启示呢？我想或多或少是有的。只不过因为那些故事的主角本身平凡无奇，所以许多的人与事便也在历史的洪流中悄悄湮没失传罢了。回顾我的过去，竟觉得没有一个人或一件事是令我印象深刻、毕生难忘的。有时便不免自嘲，这或许就是自己平平凡凡一事无成的原因吧。不过，这样说，倒也并非意味着过去的日子里竟无一记忆可追寻；零零星星的小事情居然也点缀着生命的五线谱，经常在我不经意回头的时候，便会听见叮当作响，只是那些声音微弱得只有自己听得到。

　　我幼年时居住在上海闸北的日本租界。我的家在江湾路，正当虹口公园游泳池对面。每天上学，须先跨过家门前一条窄窄的铁路，然后沿着虹口公园走，继续走下去便是整洁的北四川路了。马路当中是有轨电车的终站地段，人行道则由方块的石板铺成。这段路是我最喜爱的，我很少规规矩矩走完这段路，不管是一个人走或有同伴，总是顺着那石板跳行，有时也踢石子跳移。夏天，高大的梧桐树遮蔽了半条街；秋天，则常有落叶追赶在脚步后。

　　在这一条北四川路的中心点，比较靠近学校那边，有一排两层楼洋房。前面一段是果菜市场和杂货店一类的店面，母亲有时也到那里去购物；那后段却是我喜欢去的地方，有一家文具店和一爿书店。早晨去上学时，因为赶时间，又由于时间太早，店门总是锁着，所以我只能从那沿街的大玻璃窗望进去。夏季里，常常都会碰到朝阳晃朗反射耀目，不太容易看到店内的景象；冬季里，则又往往因窗上结了冰霜，故只见白茫茫的一片，有时禁不住会用戴手套的指头在那薄冰上面随便画一道线，或涂抹几个字什么的，心想放学时一定要进去。

　　小学一年级的功课既少又轻松，通常在上午十一点半就放学了。家里因为要等父亲回来吃午餐，不会太早开饭的，所以我几乎每天都在归途上溜进那爿书店，去看不花钱的书。那时候的学生好像不作兴带钱，我们家更有一个不成文的规矩，孩子们要等到上了中学才可以领零用钱，因此我身上当然连一个铜板也没有。尽管没有带钱，我倒也可以天天在那书店里消磨上半个钟头，入迷地看带图的《伊索寓言》等书。我最喜欢嗅闻那些印刷精美的新书，那种油墨真有特别的香味！一边看书一边闻书香，小小的心里觉得快乐而满足，若不是壁上有鸟鸣的钟声，真怕会忘了肚子饿忘了回家哩。

那爿书店有多大呢？我已无法衡量了。当时觉得十分大，四壁上全都是书，但那时我个子矮小，如今回想起来，那店面也许并不一定真大。记得在进出口处有一柜台，里面总是轮流坐着一个中年男子和一个老妇人，大概是母子吧。别人经过那个柜台，差不多都要付了钱取书走，我却是永远不付钱的小"顾客"。其实那样溜进溜出，倒真有点儿像进出图书馆一般自在，而他们母子也从来没有显出厌嫌的样子；相反，那中年人还常常替我取下我伸手够不着的一些书。那老妇人弯着腰坐在柜台后面，每回我礼貌地向她一鞠躬，她都会把眼睛笑成一条缝，叫我明天再来玩。日子久了，和他们母子都变得有些熟稔起来，偶尔伤风感冒或有事请一天假，他们甚至还会关怀地问"昨天怎么没来呀"一类的话。

那是一个夏天中午，放学途中忽然下起倾盆大雨来，我快速地从学校跑到书店，但雨势实在太大，到达书店时，已是全身上下都湿透了。不过，我满不在乎，只在门口跳几下，把身上的雨水抖落了一些，便走进店里。我站立的地板上，不久就积了一摊水。头顶上的电风扇不停地旋转着，那凉风吹在湿透的身上，不由得叫人打了好几个喷嚏。身上微微发抖，觉得快要生病的样子，可是离家还有相当长的路程，所以只好继续站着看书。

　　这时，那个中年的店主人走过来，示意我跟他上后面二楼的房间。那是两间窄小的日式住室，里面有点幽暗。随后，那老妇人也上楼来。她提了三壶热水，替我拭擦头发、脸孔和身体，又拿来一套很宽大的衣服让我换穿。不知为何，我竟乖乖地按照她的意思去做。也许当时除此而外也别无他途吧。一身都干爽之后，他们又铺了一个床铺，叫我躺下。大概我是真的受凉感冒了，所以居然睡着了。

　　不知过了多久，我迷迷糊糊醒来，发现自己躺在一个陌生的房间陌生的床上。那老妇人正俯视着，虽然她的脸上堆满慈祥的笑容，我还是吓哭了。许是联想到一些童话故事中受坏人诱拐的情节吧。老妇人用枯瘦的手抚摩我的短发，哄我、安慰我，又叫她的儿子端了一碗不知是什么的热腾腾的东西来。我像梦游似的坐起，把那碗东西吃下。肚子里充实了，身上也就有气力了。

　　中年男人问我家的住址和电话号码。老妇人叫我到隔壁房间去换穿我自己的衣服。原来，她已将我的湿衣烘干或烫干了。在换衣服的时候，我听见那男人在电话中讲话，好像是在同我母亲说话。我忽然掉下眼泪，不知是因为惊心还是安心。

　　未几，母亲雇了一辆黄包车来接我回家。雨还没有停，正在屋檐外淅淅沥沥滴着水珠。我听到母亲同他们母子用日语在寒暄道谢，又看见双方有礼地一再鞠躬；可是我自己倒像是置身事外，做梦一般，有一种不真实的感觉……

　　在我平淡无奇的过去里，这是我时时想起的往事之一，虽然没有什么悬宕的高潮，也没有什么动人的结局，我甚至不晓得这整个的事情是否可以算是一个故事。但是，每次回忆时，仍有一种如梦似幻的感觉；那种温馨的情绪也始终留存在心底。

那爿书店叫作什么名字呢？我完全记不得了。那好心的店主人母子姓什么呢？我也一直不晓得；说实在的，我连他们的模样儿也早已经忘掉了。然而有时不免想：我从小喜欢读书，而在这平凡的生活里，从过去到现在，一直都与书本有密切的关联，我读书又教书，看书也写书。是什么原因使我变成这样子呢？我不明白。只有一点可能：在我幼时好奇的那段日子里，如果那书店里的母子不允许我白看他们的书，甚至把我撵出店外，我对书的兴趣可能会大减，甚至不再喜欢书和书店也未可知。

人海茫茫，许多人和事都像过眼云烟似的消逝了，但是有些甜蜜而微不足道的往事，却能这样叫人怀念。我不知道这件往事是不是对我曾发生过什么启示或影响，只觉得那种温暖竟比一些热烈的欢愁经验，更令我回味无穷。

（摘自《读者》2014年第23期）

有　趣

叶　子

　　我们能清晰判断一个人是否有趣，却很少能明确定义到底什么叫作有趣。

　　以《红楼梦》为例。

　　我们知道《红楼梦》里，公认黛玉、湘云是有趣的，探春、王熙凤是有趣的；相对来说，迎春、宝钗就不那么有趣。有趣的人里头，黛玉、湘云是有小脾气的，探春是有大脾气的，王熙凤是有暴脾气的；而迎春、宝钗是没脾气的。我们仔细想想，前四个人都有趣在哪儿了。

　　黛玉葬花，一般人想不出这个玩法。她"嘴贱"，有"携蝗大嚼图"之类的各种"贫嘴贱舌"。

　　湘云豪迈，喝醉酒后在大石头上就躺着睡着了；拿铁架子烤肉，被人说"乞丐一样"，还理直气壮地反驳。

探春有玩具收藏癖，喜欢红泥做的小火炉之类，求宝玉给她买好玩的。元春也了解她，生日都给她送玩具。她脾气大，发怒了能一个大嘴巴抽过去。

王熙凤会说笑话，嘴快人爽利。

这四个人有一个共同点：她们其实都算不上是符合"时代标准"的大家闺秀、公府小姐或媳妇。而她们有趣的那个点，恰恰就是她们不符合自身身份的地方。

本质上，有趣是一场令人愉悦的意外，是一种惊喜。它首先是一种意外——人们认为你本应该是这样的，而你不是。

（摘自《读者》2016年第5期）

一次告别

韩 寒

　　也许很多人不知道，我在小学的时候曾当过数学课代表，后来因为粗心和偏爱写作，数学成绩就稍差一些。再后来，我就遇上了我的初恋女朋友——全校学习成绩前三名的 Z。Z 是那种数学考卷上最后一道几何题都能用几种算法做出正确答案的姑娘，而我是恨不得省去推算过程，直接拿量角器去量的人。

　　以 Z 的成绩，她是必然会进市重点高中的，她心气很高，不会为任何事情而影响学业。我如果发挥正常，最多就是区重点。我俩若要在同一个高中念书，我必然不能要求她考差些迁就我，只能自己努力。永远不要相信那些号称在感情世界里距离不是问题的人。没错，这很像《三重门》的故事情节，只是在《三重门》里，我意淫了一下，把这感情写成了女主人公最后为了爱情故意考砸去了区重点，而男主人公阴差阳错却进了市重点。这也是小说作者唯一能滥用的职权了。

在那会儿，爱情的力量绝对是超越父母老师的训话的，我开始每天认真听讲，预习复习，奋斗了一阵子后，我的一次数学考试居然得了满分。

是的，满分。要知道我所在的班级是特色班，也就是所谓的好班或者提高班。那次考试我依稀记得一共就三四个数学满分的。当老师报出我满分后，全班震惊。我望向窗外，感觉当天的树叶特别绿，连鸟都变大了。我干的第一件事就是借了一张信纸，打算一会儿给Z写一封小情书，放学塞给她。信纸上印着"勿忘我""一切随缘"之类土鳖的话我也顾不上了。我甚至在那一个瞬间对数学的感情超过了语文。

之后就发生了一件事情，它的阴影笼罩了我整个少年生涯。记得似乎是发完试卷后，老师说了一句，韩寒这次发挥得超常啊，不符合常理，该不会是作弊了吧。

同学中立即有小声议论，我甚至听见了一些赞同声。

我立即申辩道，老师，另外两个考满分的人都坐得离我很远，我不可能偷看他们的。

老师说，你未必是看他们的，你周围同学平时的数学成绩都比你好，你可能看的是周围的。

我反驳道，这怎么可能，他们分数还没我的高。

老师道，有可能他们做错的题目你正好没看，而你恰恰做对了。

我说，老师，你可以问我旁边的同学，我偷看了他们的试卷没有。

老师道，是你偷看别人的，又不是别人偷看你的，被偷看的人怎么知道自己的试卷被人看了。

我说，那你把我关到办公室，我再做一遍就是了。

老师说，题目和答案你都知道了，再做个满分也不代表什么，不过可以试试。

以上的对话只是个大概，因为已经过去了十六七年。在众目睽睽之下，我就去老师的办公室做那张试卷了。

因为这试卷做过一次，所以一切都进行得特别顺利。但我唯独在一个地方卡住了——当年的试卷印刷工艺非常粗糙，常有印糊了的数字。很自然，我没多想，问了老师，这究竟是个什么数字。

数学老师当时就一激灵，瞬间收走了试卷，说，你作弊，否则你不可能不记得这个数字是什么，已经做过一次的卷子，你还不记得吗？你这道题肯定是抄的。老师还抽出了我同桌的试卷，指着那个地方说，看，他做的是对的，而在你作弊的那张卷子里，这道题也是对的，这是证据。

我当时就急了，说，老师，我只知道解题的方法，我不会去记题目的。说着顺手抄起卷子，用手指按住了几个数字，说，你是出题的，你告诉我，我按住的那几个数字是什么。

老师自然也答不上来，语塞了半天，只说了一句"你这是狡辩"之类的，然后就给我父亲的单位打了电话。

我父亲很快就骑车赶到，问老师出什么事情了。老师说，你儿子考试作弊，我已经查实了。接着就是对我父亲的教育。我在旁边插嘴道，爸，其实我……然后我就被我爹一脚踹出去数米远。父亲痛恨这类事情，加之单位里工作正忙，被突然叫来学校，当着全办公室老师的面被训斥，自然怒不可遏。父亲骂了我一会儿后，给老师赔了不是，说等放学到家后再好好教育我。我在旁边一句都没申辩。

老师在班级里宣布了我作弊。除了几个了解我的好朋友，同学们自然愿意接受这个结果，大家也没什么异议。没有经历过的人恐怕很难了解我当时的心情。我想，蒙受冤屈的人很容易产生反社会心理。在回去的路上，15岁的我想过很多报复老师的方法，有些甚至很极端。最后我都没有做这些，并慢慢放下了，只是因为一个原因，Z相信了我。

回家后，我对父母好好说了一次事情的来龙去脉。父亲还向我道了歉。我的父母没有任何权势，也不敢得罪老师，况且这种事情又说不清楚，就选择了忍受。父母说，你只要再多考几次满分，证明给他们看就够了。

但事实证明，这类反向激励没什么用，从此我一看到数学课和数学题就有生理厌恶感。只要打开数学课本，就完全无法集中注意力，下课以后，我也变得不喜欢待在教室里。当然，也不觉得叶子那么绿了，连窗外飞过的鸟都变小了。

之后我的数学再也没得过满分。之所以数学成绩没有一泻千里，是因为我还要和Z去同一个高中，且当时新的教学内容已经不多。而对Z的承诺、语文老师因为我作文写得好对我的偏爱，以及发表过几篇文章和长跑破了校纪录拿了区里第一名都是我信心的来源。好在很快我们就中考了。那一次我的数学成绩居然是……对不起，不是满分，辜负了想看励志故事的朋友。好在中考我的数学考得还不算差，也算是那段苦读时光没有白费。

一到高中，我的数学连同理科全线崩溃了。并不是我推卸责任，也许，在我数学考了满分以后，这个故事完全可以走向一个不同的结果，依我的性格，说不定有些你们常去的网站，我都参与了编程；也许，有一个理工科很好的叫韩寒的微博红人，常写出一些不错的段子，还把自己的车改装成赛车模样，又颠又吵，令丈母娘很不满意。

在那个我展开信纸打算给Z报喜的瞬间，我对理科的兴趣和自信是无以复加的。但这居然只持续了一分钟。一切都没有假设。经历此事，我更强大了吗？是的，我能不顾更多人的眼光，做我认为对的事情。我有更强的心理承受能力。但我忍下了吗？未必，我下意识地把对一个老师的偏见带进了我早期的那些作品里，对几乎所有教师进行批判甚至侮辱，其中很多观点和段落都是不客观与狭隘的。那些怨恨埋进了我的潜意识，我用自己的那一点话语权，对整个教师行业进行了报复。在我的小说中，很少有老师是以正面形象出现的。所有这些复仇，这些错，我在落笔的时候甚至都没有察觉到。而我的数学老师是个坏人吗？也不是，她非常认真和朴实，严厉且无私，后来我才知道，那段时间，她的婚姻生活发生了变故。她当时可能只是无心说了一句，但为了在同学之中的威信，不得不推进下去。而对于我，虽然蒙受冤屈，它却改变了我的人生轨迹，我把所有的精力都花在了那些我更值得也更擅长的地方。我现在的职业都是我的挚爱，且我做得很开心。至于那些同学们，十几年后的同学会上，绝大部分人都忘了这件事。人们其实都不太会把他人的清白或委屈放在心上。

　　十几年后，我也成了老师。作为赛车执照培训的教官，在我班上的那些学员必须得到我的签字才能拿到参赛资质。坐在学员们开的车里，再看窗外，树叶还是它原来的颜色，飞鸟还是它该有的大小。有一次，一个开得不错的学员因为太紧张冲出赛道，我们陷入缓冲区，面面相觑。学员擦着汗说，教官，这个速度过弯我能控制的，昨天单人练习的时候我每次都能做到。我告诉他，是的，我昨天在楼上看到了，的确是这样。

饭碗里的大学课程

程曼琪

张晓玫出名了，以一种她自己意想不到的方式。

无关科研成果，无关教学成绩，也无关与政府或企业合作的学术项目——让这个西南财经大学金融学院副教授出名的是：吃午餐。

2009年，她开始一对一和学生"约饭"。"我请的其实是精神食粮。"张晓玫说。如今，她差不多已请了数百顿饭。

虽然可以享受免费午餐，但在赴这桌"精神食粮"宴前，学生多少还是有些忐忑。

在2015年4月的那次午餐中，研一的王昊刚打完菜坐回饭桌前，张晓玫马上进入正题："你对研究生生活的规划是什么？"这个问题让王昊有些措手不及。

"啊——我还没想好。"

"那你觉得自己的核心竞争力是什么？"张晓玫继续追问。"核心竞争力"是"精神午餐"的"招牌菜"之一，她经常让学生想这个问题。

"研究生的规划，无外乎几种选择……你不要浪费科研方面的潜力，不要变成单纯的金融民工。"即使隔着一副黑框眼镜，王昊也能感到张晓玫目光中的锐利锋芒。她说话也是同一种风格：意思明确，声音洪亮，语速很快。

和张晓玫吃饭的好处是，一定不会冷场。"全程基本是她在讲。"王昊回忆。

"但有一就有二"，"强制性"的约饭开了个头，以后再找老师深聊学术和个人选择问题，就不会那么拘束了。

其实张晓玫刚开始尝试这种交流方式时，学生对"精神午餐"并不感兴趣。有些学生因为长期缺乏和师长深入交流的经验而紧张——在张晓玫把学生叫到办公室聊天的时候，曾有女生被吓哭；更多的学生是太忙了，比带着30个研究生、承担着教学和科研任务的张晓玫还忙，考证、实习、恋爱，哪一样都不省心，没空赴宴。

而这些大忙人，在张晓玫看来都忙得不得其所。2008年从日本留完学回母校任教后，她见到不少学生每天事情没少做，但缺乏独立思考的能力。

她发现，在教学过程中，学生不愿互动，或提不出有价值的问题；写论文的时候自己找不到主题，会追着她问到底该写什么。

在她眼里，缺乏独立思考导致的浮躁、迷茫和不清醒是学生的普遍状态。

其实吃饭只是一种手段，张晓玫真正想做的，是尽自己所能，培养学生的思考、思辨能力。

她给大三学生教授一门必修课"商业银行经营管理"，不算旁听生，这门专业课一学期选课人数有400多人。

"必须提前去抢位子。"金融学院的学生说。但张晓玫对学生的吸引力，不是和蔼可亲，不是仁慈。地道的成都人张晓玫，给学生们端上了原汁原味的川味"精神食粮"，够辣、够呛——她的课以"虐"出名。

课程的重要环节是"自由讨论"，采取文献精读加"打擂台"的模式。"自由"和"讨论"都是很好的词，真正做起来却让学生苦不堪言。

张晓玫会在一星期前布置两篇相关领域的经典文献，总篇幅在30页左右，然后由小组共同依文献形成自己的报告。讨论当天，报告小组上台发言，台下的其他同学可以反驳，而且反驳有加分，发言小组守卫不住观点就可能失分。在成绩得失的刺激下，张晓玫的课上从来都是唇枪舌剑。

"身心俱疲！"在课后给张晓玫的小纸条中，有学生这样表达上完课的感受。

"要的就是这个效果，大学可不是来混的。"张晓玫很满意自己把学生"虐"到了。

而被"虐"过后，有些学生在期末论文后面附上给张晓玫的信，他们告诉她，自己真的学到了东西，发现了不一样的自己。

谈到未来的选择，她会劝学生："不要都想着去四大行、去投行，自己一定要清醒。未来社会是双赢社会，只有给社会添砖加瓦，才能成就自己。"

这让已经习惯埋首各类知识点和考试的学生感到耳目一新。"犀利""干练""有思想""有责任感"，这些是学生对她的印象。

但当规则和公平被蔑视的时候，她会露出真正的强硬，一点也不讲情面。

她记得两年前面试一个研究生，专业问题没说几句，那个学生就开始哭诉自己悲惨的身世：父亲遭遇矿难早逝，母亲弱视，他考研已经考了两年，如果再不成功，没脸见母亲。

但张晓玫一点都不同情这个示弱者，"搞得像选秀节目一样"。她感到整个面试流程被冒犯了，"不成功就可以讲故事吗？这对别的学生公平吗？"

是不是每个人都要当科学家、工程师？

30多年前，当还在上幼儿园的张晓玫碰到"你将来想做什么"这个问题时，她也会回答"想当科学家"。

但现在，她更喜欢另一种可能性：有个女孩说想开花店，喜欢她的男孩说那我就做花店的送货员。每个人都可以有不同的、看起来很平凡，却发自真心的愿望。

"做一个平凡但不平庸的人。"这是除了"你的核心竞争力是什么"外，张晓玫给学生的另一道"招牌菜"。平凡是接受自己可以"不成功"，不平庸，是不放弃思考。

在一次次"晓玫午餐"中，张晓玫也发现，学生们的确比较羡慕"有捷径可走的人"。这种捷径可能是"爹"、是颜值、是超越规则的潜规则，而捷径的另一端就是人云亦云的"成功"。

刚回国时，她一度发现有学生比她还"苍老"，一位主动找她吃饭的本科生，抢着埋单，还对坚决不同意的张晓玫说："您不了解中国的国情，应该是学生请老师啊。"

但她渐渐也能理解学生了。曾有学生告诉她，去某大行面试，直接被要求脱了鞋量身高，长相和身高是选人的标准之一。

十几年前，当张晓玫自己还是一个财大金融系的本科生时，她的学习状态，更像进阶版的高中。她顺利进入了日本经济学排名第一的一桥大学。

在这所大学，她学会了质疑和辩论。

当年读本科的时候，她认为老师、书本说的都是对的。她现在会在课上对学生说："老师的观点，你们都可以怀疑。"

从一个心思简单的乖学生，到被问题"困扰"的"胡思乱想"的学生，张晓玫觉得后者是可取的。转变的过程中，迷茫和焦虑不可避免，但到一定程度时，会发现更广阔的世界和世界中自己的位置。张晓玫想告诉学生这一点。

10年前，她20多岁，也是个前途未卜、不知道能不能得到博士学位的学生（张晓玫后来获得的经济学博士学位是一桥大学建校123年来颁发的第52个）。她跟着导师满欧洲做项目，有一次在意大利，访谈对象临时有事而爽约。突然空下来，她就买了张票，从西西里登船，去往地中海的一座小岛。这是一片游客稀少的古迹，历经千年的断壁残垣默然矗立。

目睹这种景象，一种人看到繁华终究归于虚无，另一种人看到人类的努力终究还是能留下些什么。张晓玫说自己是后一种。

"想做的事情，能做一点是一点。"那天，在那座不知名字的岛上，张晓玫突然有了这种感慨。

（摘自《读者》2016年第3期）

好吃吗

一名家长偷偷向我打听，她的儿子在学校有没有谈恋爱。最近她发现儿子出门前照镜子的时间长了，穿衣服也挑剔了，有一次把他的球鞋放在鞋柜里，鞋面被压出褶子，他居然对妈妈大发雷霆，青春期的自恋让儿子在每个可以反光的物体前驻足。家长是过来人，了解这些举止意味着什么，她请我多观察，若发现孩子有恋情，要联合她去干预。

这名家长自己就是在高中谈恋爱修成正果的，按逻辑分析，"过来人"不该阻止孩子。我有两种揣测：一、当妈的觉得好吃的东西，当儿子问"好吃吗"时，当妈的觉得这个东西虽好吃但没有营养，就硬说不好吃，藏起来，等儿子长大了再给他吃，但是新鲜的东西过了保质期总归会变味；二、当妈的忘记了年少时的那种滋味，像甘蔗的汁水被吮吸干后，留下满嘴渣，觉得不过如此，没什么特别好吃的。

生活中这种"帮你吃"的事情很多。比如，我女儿在网上买这买那，每下一单，我都会说："家里有！""我以前买过。""这个东西没什么用。"女儿被网上的照片、视频、广告语所蛊惑，对物质滋生出无限美好的情感想象，如同将一桶生活的颜料倾倒在十八岁的白纸上，瞬时被吸收。东西虽然家里也有，但不是她买的，买时的动机和心情不是她的。再比如，大人看着家里的读书郎说："现在读书真辛苦啊！"其实是拿自己的智商和体力来匹配那张书桌，觉得读书是件痛苦的事；或者有些人也以自己的学识水平来怒斥读书郎："这么简单都不会！"忘了自己也年轻过。

当我们拿自己的已知去和他人的未知做比较时，提供的仅仅是经验，不应强迫他人接受。主播为了证明商品值得购买，隔着屏幕用力咀嚼食品，告诉大众，真的好吃。

如果一个小孩盯着你手里的吃食，问你："好吃吗？"你最好这么回答："喏，给你尝尝。"女儿拆开快递的那一瞬间，是自我判断力得以实现的时刻，好与不好，不在于商品，而在于现实与理想相差几厘米。

（摘自《读者》2020年第24期）

提　笔

朱天文

　　如果那也算创作——四岁时一个暑夜，妈妈抱我在门前看星星，见天空划过一道流星，我说："星星多么美丽地滚下来。"可以想见当时的妈妈会如何惊诧且觉好笑呢，以至于二十年后的现在，她仍屡屡向朋友们提起。

　　家里有小孩的人都知道，其实三五岁的儿童哪一个不是天才。我有位朋友做早点煎蛋，不小心蛋黄流了出来，她叫了声："糟糕，破了！"她读幼儿园的儿子在旁说："没关系，妈咪，我们把它补好。"又有位朋友的侄女告诉我："鱼缸里两条小花鱼，这条是男鱼，那条是女鱼。"还认真地说，"因为女鱼穿着裙子呀。"并指出女鱼眼睛上有两弯细眉毛。每每被这些小天才惊得张口结舌，就想自己也生一个孩子，只要把孩子的一句句话记录下来，就够出一本好书了。所以我素来对婴儿与儿童手足无措，好像他们是面魔法镜，照出我这个庞然蠢物。

记得有一回，那是初春太阳煦煦的午后，家家在院里晒被褥，隔邻门口一辆红色推车里放着个女娃娃，玉琢琢一团粉人儿，一会儿舞拳，一会儿踢脚，一会儿又笑，简直没有半刻停歇，每一寸都是绝对灵动的。她的眼睛令人羡慕极了，眼白透着澄净的瓷蓝，是婴儿的眼睛中才有的那种蓝。我看着看着却惆怅起来，心想这一刻怎么也无法永远留住，她自己也永远不会知道。相片留下来的当然不能算，最终是唯我看到、知道，而且可预见，她一天天长大，一位天才于焉陨没，终无人知。

生活当中，不知有多少这样的时刻，想留留不住，像京戏里紧锣密鼓砰锵一停、亮相，像抽刀断水——水更流。我非常悲哀地发现，对于稍纵即逝的瞬间，除了提笔，几乎没有任何方式可以留住。若有所谓的写作动机，或许我为的就是这个。

常言道，大人不失其赤子之心。读到庾信《春赋》中的一句"影来池里，花落衫中"，眼前一亮，始觉赤子之心竟就是这样，与人与物毫无一点隔膜——喊山山响，叫水水应，众生百相如影来池中，兜兜拢拢落花又一身，原来都是自家人、自家事，多么热闹痛快啊。《史记》中描述刘邦"仁而爱人"，司马迁自己亦被批评为"多爱不忍"。果然没有一部历史像《史记》这样写游侠、刺客、酷吏，写得这样好看而具有文学性。我从来不相信以仇愤或压迫的情绪可以写出好文章，便连若干人喜欢讲的救赎感或忧患意识，恐怕都嫌造作。对生命的喜悦，以及对物质世界的喜悦，就是这样的赤子之心，不但能在创作上成为不竭的源泉，而且使人在惊涛骇浪中亦能不忧、不惧。

你会想念你自己吗

张小娴

当青春走到尽头，你会想念你自己吗？多年以后，突然明白，蓦然回首，在灯火阑珊处的那个人，也许不是别人，正是年轻时的自己。最深的爱、最痛的恨、最甜蜜的希望、最苍凉的失望，从来不是对别人，而是对一生与之周旋的自己。

柏拉图在《柏拉图对话录》中说，人本来是雌雄同体的，被分成了两部分，终其一生，我们都在寻找遗失了的那一半。真的是这样吗？抑或，我们寻找的另一半，不是别人，而是自己？人生的漫漫长路，我们都试图去了解真正的"我"到底是个怎样的人。虽然痛苦，却也要学着去面对和接受那个既熟悉又陌生的"我"。唯有认识自己，生命才是完整的。

千山万水，只为遇见那个不一样的自己。

千帆过尽，不管爱过几个人，蓦然回首，你终将发现，人与之苦恋一

152·

生的，原来是自己；唯一能够阻碍人追寻幸福的，是自己。人生最难跨过的一关，是自己那一关。

我是如此爱你，可我总想成为最优秀的自己，在世间的无常变幻里，做最好的我。

回首往事，真不知道是恍如昨日还是已经太遥远了，抑或两种感觉都对？时间多么不可思议。恍惚之间，如梦如幻，记忆的春天总会重来，红颜弹指老。到底是生命虚妄还是时光虚妄？不管浮世多么苍凉，我都想带着你的爱同行。等我们都老了，一起想念曾经的自己。

多希望一路上有你。可谁能知道这爱是否永恒，直到死亡把我们分离？谁都可以没有谁，路还是要走下去。人生的路，难道不可以独自走完吗？是啊，有些东西，没有也可以，譬如陪伴，譬如牵挂，譬如爱和温暖……可是，有的话，人生会不一样。唯愿这一辈子，你会看到最好的我。我并不那么想跟自己苦恋。

我只有一束鲜花

张　炜

　　在我小时候的五六十年代，父亲平时要被喊到离我们家五六华里的一个小村去做活，因为他没有资格在园艺场做工。父亲如果早一年回来，我上学的事肯定会化为泡影。

　　上学前，妈妈和外祖母一遍遍叮嘱我：千万要听话啊——听各种人的话，无论是谁都不要招惹啊。还有一件最重要的事，这是我必须记住的，即在外面千万不能提到父亲。就这样，我心里装着一大堆禁忌，战战兢兢背上了书包。

　　可能因为我太沉默了吧，从第一天开始，学校里的人都用一种奇怪的眼神看我。我每时每刻都是拘谨的，尽管我总是想法遮掩它。我试着对同学和老师微笑，或者至少对他们说点什么才好——试了试，很难。

　　从学校出来，一个人踏上那条灌木丛中的小路时，我才重新变成了自己。

值得庆幸的是，在半年多的时间里，没有一个同学和老师知道我们家的详细情况，但我想校长可能知道，因为他的镜片后面有一双好奇的、诡秘的眼睛。我于是像躲避灾难一样躲避着他。

就在那些日子里，我发现了一个奥秘：校园里有一个人像我一样孤单。我敢肯定，这个人大概也像我一样，暗暗压着一个可怕的心事。这不仅是当时，以至于后来一生，我都会从人群中发现那些真正的孤单者。

她就是我们的音乐老师。她来这所学校已经一年多了，她与所有老师都不一样，我觉得她那温柔的眼睛抚慰着每一个同学，特别是投向我的时候，目光中竟然没有歧视也没有怜悯，而仅仅是一份温煦、一种滚烫烫的东西。

当时离学校十几里外有一处小煤矿，每到了秋末全班就要去山上捡煤，以供冬天取暖用。因为雨水可以把泥中的煤块冲洗出来，所以越是下雨就越要爬到山上。大家都穿了雨衣，可是"黑子"几个故意不穿，故意溅上满身满脸的黑泥，像恶鬼一样吆吆喝喝。我好不容易才捡到的煤块，一转眼就被他们偷走了。有一次"黑子"走过来，狞笑着看我一会儿，然后猛地喊了一句父亲的名字。雨水像鞭子一样抽打我的脸。我吐出了流进口中的雨水，攥紧了拳头。"黑子"跳到一边，接着往前一拱，把我撞倒在斜坡上。坡很陡，我全力攀住一块石头。这时几个人一齐踢旁边盛煤的篮子、踢我的手。我和辛辛苦苦捡到的煤块一起，顺着陡坡一直滚落下去。

我的头上、手上、全身上下都被尖尖的石棱割破撞伤，雨衣撕得稀烂。我满脸满身除了黑泥就是渗出的血，雨水又把血水涂开来……有几个同学吓坏了，他们一嚷，班主任老师也跑过来，他只听"黑子"几个说话，然后转脸向我怒吼。我什么也听不清，只任雨水抽打我的脸。

正在我发木的时候，有一只手扶住了我：音乐老师！她无声无响地把我揽到一边，蹲下，用手绢擦去我身上脸上的血迹，牵着我走开……

她领我直接去了场部医务室。我的伤口被药水洗过，又包扎起来。场医与她说了什么，我都没有听清。离收工还有一段时间，她领我去了宿舍。

我今生第一次来老师的住处：天啊，原来是如此整洁的一间小屋，我大概再也看不到比这更干净的地方了。一张小床、一个书架，还有一张不大的办公桌——我特别注意到桌旁有一架风琴；床上的被子叠得整齐极了，上面用白色的布罩罩住。屋里有阵阵香味儿：水瓶中插了一大束金黄色的花……

她要把我衣服上的泥浆洗掉、烘干，我只得在这儿耐心地等下去。天黑了，她打来饭让我一起吃。这是我一生中所能记起的最好的一餐饭。我的目光长时间落在了那一大束花上……我想起我们家东篱下也有一丛金黄色的菊花。

第二天上学，我折下最大最好的几枝，小心地藏在书包里。我比平时更早地来到了学校……她看到那一大束菊花，眼睛里立刻欢快地跳动了一下。

后来的日子我就像有了一个新的功课：把带着露珠的鲜花折下来，我用硬纸壳护住它们，这样装到书包里就不会弄坏。如果上课前没有找到老师，就得小心地藏好。我看到她急匆匆往办公室走去了——她如果在课间休息时回宿舍就好了，那时我就会把花儿交给她。我倚在门框上，咬着嘴唇等待。第一节课下了，她没有返回，我只好等第二节课。课间操时她终于回到了宿舍，可我又要被喊去做操。我知道，我的老师最喜欢的就是这一大蓬颤颤的、香气四溢的鲜花——比起我无尽的感激，这只是一份微薄的礼物。我一无所有，我只有一大束鲜花。

（摘自《读者》2012年第4期，本文有删改）

像我那样傻的孩子

和菜头

一

网上流传一份儿童日程表，制作者是一位毕业于北大的母亲。每周7天，天天晚上11点睡，早上5点起，所有日程安排得满满当当。

我试着想找一下玩耍的时间，在那张表里并没有任何体现。据那位母亲说，现在让孩子辛苦一点，为的是将来孩子能过得轻松一些。

有位母亲反问我说："什么是玩？难道学习就不是玩？"吓得我立即回想了一下自己认为是玩的项目，结果里面并不包括学英文、学拉丁舞、学演奏乐器。

我反问她："如果这是玩的话，为什么你自己不去？"

她很骄傲地回答我说，她参加了她儿子的亲子学习班，一起学习了英文、绘画，觉得非常快乐。于是，我不得不撕破脸皮，问了一个问题："你也一天花16个小时学习这些东西？"她终于对我绝望，回了一句："好吧，你赢了。"

二

对于一个孩子来说，什么才是玩？

美国脱口秀大师乔治·卡林给过一个非常精准的定义：给那个该死的孩子一根该死的棍子，让他站在该死的泥地里。

我觉得这就是我的童年，简直是一模一样。时至今日，我并没有显示出智商衰退的任何迹象。在我看来，这跟我童年整天拿着根棍子站在泥地里有很大的关系。

我的英文还算不错，和朋友出国旅行，一般都靠我问路、点菜。

而我没有在小学时上过英文班，事实上，我对英文的兴趣是从高中才开始的，也是从那个时候起，我才开始正式学习英文。

说到我的口语，全靠英语角和盗版DVD。如今我也可以坦然承认，我去英语角并非为了提升口语能力，主要是为了泡妞。妞没有泡到，但是口语练成了。

我的美术素养也还成，但我没有上过一天美术课。

我的阅读量不错，还能写书评，很多人看了还很喜欢呢。可我依然没有上过任何文学欣赏课。

在我的整个童年和少年时代，我读一切可以读的文字。从四大名著到地摊文学，我不加任何区别地阅读。

我没有上过钢琴课、小提琴课，而我在很多女孩子的客厅里喝着茶，听她们演奏这些复杂的乐器。但我听得出，很少人能处理对节奏和停顿，更少人能演奏出她们对乐器的喜爱。

刚刚去世的葛存壮老爷子曾经教导儿子葛优说："如果真心喜欢音乐，吹口哨都可以。"

我有生以来玩乐器最快乐的时光是在春天的河边，嫩而薄的柳叶几乎取之不尽、用之不竭，放在唇边足够吹出宫商角徵羽。

三

我不认为我在以上各项做得有多强，但我也要老实说，自己比许多从幼儿园开始上兴趣班的人强很多。

更重要的是，我比他们有趣得多。我的人生未必比他们成功，但我的人生算得上自在而有趣。

在我的整个童年和少年时代，我的家教非常简单：

1. 每天21：00之前回家。

2. 保证学习成绩，其他的事自己安排。

3. 不准撒谎。

4. 说过的话要做到，答应的事要做到。

5. 买书不限预算。

6. 别跟烂人混，和比自己强的人交朋友。

7. 自己惹的麻烦，自己想办法解决。解决不了，再找家长。

也许还有别的几条，但是大概就是以上几点。许多今天看起来了不得的儿童教育，在我家都非常简单。

我小学二年级的时候，可以读的书很少，每天只能翻阅《人民日报》和《参考消息》过瘾。当我问起彩虹的原理时，我父亲专门去打了一脸盆自来水，将一面镜子斜插入水面，让阳光经过镜子和水形成的三棱镜，在墙上打出一道人造彩虹来，然后跟我讲光的构成和折射的原理。

对于世界是什么、世间万物如何运转，我们家非常乐意在上面花时间帮我理解，并且努力将其做成一件有趣的事情。

我上大学之后，发现"流体力学"让无数同学头痛不已，但我只需要回忆一下当年和父亲一起制作各种纸飞机并试飞的 N 个下午，哪怕我并不知道如何推导，我也知道正确答案的方向。

直到今天，我都不觉得我是个聪明人。从童年开始，我就是个傻孩子。但是，我有足够时间一个人拿着根棍子，站在泥地里，想着去做点什么有趣的事情，学会了和自己相处。

同时，我的父母没有推卸自己的责任，把我扔给兴趣班老师就撒手不管，他们激发了我对阅读和外部世界的兴趣，尽管方法可能简单粗暴，但我就像一颗种子，在合适的土壤里，会自行生长。

最重要的是，他们没有对我实施精细化管理。我们家的家规大而化之，简单讲，出发点只是为了避免我成为一个小流氓，避免我对自己不负责任。

在这种相对消极的管理方式下，我获得了一种相对积极的人生。而且，我心中始终保有对世界的好奇心，这让我可以一直在这个世界上快乐地游荡。

四

我并不是说北大毕业的那位母亲的教育方式不好，很多成功人士也需要一个这样经过精英化教育成长起来的孩子当秘书、做高管、翻译文件，闲暇时来一段肖邦的钢琴曲养神助兴下红酒。

可对于我这样的傻孩子而言，拿着一根棍子，站在泥地里，可能更加称心如意。我没有比较的意思，只是说这里存在着另外一种可能。在这种可能里，一个傻孩子每天能睡足9小时。

（摘自《读者》2016年第14期，本文有删改）

什么是"教育公平"

张曼菱

早上外出，正遇上满是小学生和家长的人流熙熙攘攘而过。心中有一股强烈的冲动，令我放下手中的事，要来写写我的小学老师。

我的小学是昆明师范附小。聂耳是我的校友。我的班主任叫李崇贞，教语文。李老师长圆脸，短发齐颈，拢在耳后。那个年头的女性都是这样，我母亲也是这种发式。母亲在大学任教，穿列宁装，自有职业女性的派头。李老师时常穿中式斜襟女装，像个利索的家庭妇女，但她那严厉的目光告诉人们，她是一位教师。

20世纪90年代，我回乡探亲，小学同学邀我去看李老师。我们一伙人冲上凤翥街昆师宿舍那栋熟悉的老楼，挤在李老师幽暗的屋子里，欢快的心情，就像回到了小时候。

大家让我和几位有"业绩"的同学坐在靠近老师的长沙发上，记得有宝石专家，有政府官员。大家认为，李老师一定会以我们为荣。可是我们错了。李老师只是朝我们点一下头，接过礼物和我送给她的书，顺手放在茶几上。她转而用关切的语调，一一询问起那些不出挑的同学，现在在哪里，身体怎样，甚至细到工资晋级、儿女转学。她还问起一些久未露面的同学，记得他们的病情和困境。

我们几个"优秀分子"一时被冷落了，都后悔坐在这孤立的位子上。我感慨道："李老师真是一点没变啊！"

李老师的这些作风，我早就习惯了。上学时，她让我在早自习时领读，可她进教室后从不搭理我，而是亲切询问那些迟到的，或者没交作业的同学。我从来没有过受宠的感觉。

上课了，老师提问，我总是第一个举手，举得高高的，可是李老师不叫我——她从来不第一个叫我。等她把同学们都叫了一圈，见回答得七零八落的，才说："张曼菱，你回答吧。"我那股想出风头的心劲已经凉了，从容地把答案说出来，自觉也没什么可得意的。

她从不对我表示赞赏，她的态度是：你这样是你应该的，你本来就可以回答这个问题。

李老师是在我们进入五六年级的关键学年来当班主任的，开始我实在不适应。别的老师都喜欢带着几个成绩和才能突出的学生在校园里溜达，可李老师从来不给我们这样的机会，让我这自幼就风光惯了的孩子很是不爽。

我开始琢磨：她为什么对我不满意？于是，我上课不再积极举手。可是不行，她严厉的目光扫了过来，我只得老实地举手，然而依然轮不到我先回答。在她的训练下，我变得"宠辱不惊"，该怎样就怎样。老师不特别关注你，但绝不是不关注你。你就是学生中的一员，不特别重要，但也不可少。写到这里，我的眼中已经含着热泪。

年过七旬，我感恩李老师，是她纠正了我人性和人格中的偏差。恃才傲物是我的大敌。在人生的道路上，如何定位自己，是我永远要面对的问题。幸运的是，我的问题，早在小学时就被一位睿智的老师看出来了。她让我反复地自省。她相信我的悟性。直到今天，我还在反省，还在为此而思考和努力。

李老师显然知道那时候我内心的优越感，我看不起"差生"——我们这些院校子女都这样，也不跟他们一起玩。

班上有个魏同学，留级生，个头高，坐后排，每天迟到，上课还打呼噜，更别提回答问题了。不要说我这样的"尖子生"看不上他，一般同学都视他为"异类""害群之马"。

李老师给我们组织了一次课外活动，到郊外去野炊。魏同学被老师点名参加。

在一条小河前面，我们被拦住了。河不宽，水不深，没有桥，农民们都是涉水而过。我们沿河来回走了几趟，都找不到合适的地方过河。这时，身材高大的魏同学跳下了水。他已卷好了裤脚，可水还是淹过了他的裤子。他毫不在意，豪爽地说："来，我背你们过去。"于是，我们这些平素对他毫不在乎的骄傲的小家伙，一个个乖乖地伏在他宽厚的背上，含着一点惭愧。他蹚过河，细心地把我们一一放到岸上。最后一个女生还帮他拎起了鞋子，以免他再回去取。

魏同学的热心和力量带给我们深深的震撼。从那以后，我知道，对生活中的任何人都不能小视。你瞧不起的人，可能比你高大得多。

很快，我们决定发展魏同学入少先队了。他那么高的个子，戴上红领巾时竟有点羞涩。全校都很震惊，因为这在他原来的班里是不可能的。

这就是李老师的眼光。她不是让我们去帮助一个落后的学生，而是培养了他的自尊心，也纠正了我们不公正的鄙薄之心。

岁月流转，事实证明魏同学是一个值得尊敬的人。他没有上大学，而是学了厨艺。在昆明市著名的震庄公馆，他成为掌勺大厨，为来往于春城的各路嘉宾包括各国元首制作国宴级的菜品。

教育的目的不是为了竞赛、夺冠，不是为了成为"达官贵人"，而是为了成为"人"——让每一个来路不同、天赋不一、性格各异的孩子都能正常地发展，尽可能好地度过他们的人生。

在采访西南联大老校友时，我看到他们聚会时不分贵贱，都以年级划分长幼次序。我意识到，我的小学老师给了我最纯正的学风教育。同学们在一起不应有贫富、愚智等差别。这才是教育的公平。

教育是可以兴邦的，多少先贤都把改造中国、振兴民族的希望寄托于教育。而只有教育公平，才能培养出公平的人，才能建立起公平的社会。

李老师那严厉而慈爱的目光似乎还在注视着我，让我至今仍在审视自己：老师对我还有什么地方不满意？我是不是又轻飘飘的了？

她为我树立了一个高标，那不是用世俗虚名可以达到的。

（摘自《读者》2020年第20期）

前浪、后浪与孟浪

青 丝

    读书的时候，有个女代课老师刚从师范学校毕业，比我们大不了几岁。她的口头禅是"你们这一代人"，她从讲台上望着我们的那种老气横秋的眼神，就像一个已经抵达沙滩的前浪，正用一种超然的目光注视着仍在奋力推进的后浪。

    多年以后，我逛书市时偶然看到这个老师，她已经不教书了，成了书商，正和几个相邻的老板在店门口支着桌子打麻将。看起来，她和"我们这一代人"并无两样。我不由得想起美国人类学家玛格丽特·米德提出的"代沟"概念，人与人有代沟，从来不是因为年龄，而是从价值观、文化态度、审美趣味、生活方式上衡量的，只有思想行为相似的人，才是同代人。也就是说，理解他人的最大障碍，从来不是前浪与后浪，而是过度的自我中心主义。因"前浪"或"后浪"的身份而生出自我优越感，其实是孟浪。

更确切地说，前、后浪是一种相辅相成的关系，而不是谁把谁拍在了沙滩上。就像19世纪末20世纪初的巴黎，25岁的麦道克斯·弗德遇到了45岁的王尔德，25岁的海明威又遇到了50岁的麦道克斯·弗德。每当出现新旧接替，如果"前浪"足够聪明，就应适时地让出 C 位，后退一步观察自己。而对"后浪"来说，有"前浪"从始至终在前面引领潮流，探索新的路径，既为自己树立了榜样，自己也更容易循着"前浪"的轨迹走向成功。

思想深邃的"前浪"，也能更好地发现并理解与"后浪"之间的隐藏关系。20世纪50年代，英国女诗人伊迪丝·西特维尔以着装古怪、处事挑剔闻名，纽约《生活》杂志在她访美期间，有意安排66岁的西特维尔与27岁的梦露见面。这时的梦露，正值人生最美好的时候，风华绝代、魅力四射，西特维尔则年老古板，如同严谨恪守清规戒律的修女。《生活》杂志想看看这两股逆向而行的浪，会碰撞出怎样的浪花。

然而，二人却彼此相投，梦露以阅读过的欧洲文学作品向西特维尔请教，畅谈自己对于世故人情的感受。西特维尔也惊讶于梦露丰富的阅读量，并喜欢她的直率真诚。这些特质，强化了二人刚建立的友谊，令一心想要看笑话搞个大新闻的娱乐记者十分失望。西特维尔虽然终身未婚，也不接触男人，但她凭着自己的生活经验，看到了梦露光鲜背后的隐痛。她把梦露脸上一闪即逝的愁容，比作《哈姆雷特》里投水而死的女主角奥菲利娅的纯真幽灵，准确地道出了梦露正在经历的巨大困惑和精神痛苦。

对不同的个体而言，前、后浪只意味着不同的年龄阶段，就像2017年诺贝尔文学奖得主石黑一雄说的："人重要的不是年龄，而是经历。有的人活到了一百岁，也没有经历过什么事。"

（摘自《读者》2020年第16期）

锋利与柔软

李良旭

还是在学生时代，金庸就表现出很高的文学天赋，他在浙江省立联合高中初中部就读时，就是学校的名人。

金庸的文学天赋，尤其得到校长张印通的赏识。他常常邀请金庸到自己办公室和寝室里，与他一起探讨文学。灯光摇曳，两人促膝长谈。文学，拉近了两人的距离，他们成了一对十分要好的忘年交。

在张印通的宿舍里，金庸看到了张印通收藏的许多文学书籍，他如饥似渴地阅读这些文学名著。金庸的刻苦和勤奋博得校长张印通的赞许和好评。

省立联合高中是当时浙江省的一所重点中学，校规十分严格，常有学生因违反校规而被开除。金庸的性格散漫，甚至有些桀骜不驯，他常常秉笔直书，甚至给校规挑错。校长张印通为此多次劝导金庸，要他好好读书，收敛自己的锋芒。金庸表面上允诺，可一转身，依然我行我素。

1941年，金庸在报纸上发表了一篇文章《阿丽丝漫游记》，文章讽刺学校训导处主任在教学、管理上的无能和愚拙。文章发表后，学校一片哗然，训导处主任更是暴跳如雷，扬言要对金庸进行报复。

校长张印通得知消息后，不禁心急如焚，焦虑万分。为了维护校风和校纪，他毫不留情地将金庸开除了。有学生和老师向张印通求情，也被他一概拒绝。

天空下起了淅淅沥沥的小雨，金庸撑着油纸伞，走在湿漉漉的街道上，心里满是惆怅。忽然，张印通浑身湿透，气喘吁吁地从后面赶了过来。他一把拉住金庸的手说："孩子，你不能就这样走了，你将来还要在文学上成就一番事业。我想好了，我把你介绍到衢州中学上学，那所中学的校长是我以前的一个同学，他一定会热情收留你的。这是我写的引荐信，你去找他吧。"

风雨中，仿佛出现了一道彩虹。金庸百感交集，不禁热泪盈眶。为了维护校风、校纪，张印通铁面无私，像一把锋利的刀子，将他开除；另一方面，张印通的内心又是柔软的，给他指明了一条道路。

那一刻，金庸似乎读懂了校长张印通锋利与柔软的侠骨柔情。

在衢州中学，金庸惊讶地发现，学校图书馆收藏了大量的文学书籍，比省立联合高中初中部的图书馆收藏的更多、更丰富。在校图书馆里，他阅读了大量的书籍，尤其喜爱阅读古典文学名著，这为他以后创作武侠小说打下了坚实的基础。

几十年后，当金庸成为著名武侠小说作家时，他曾深情地回忆道，张印通校长的锋利与柔软，给他的武侠小说写作带来了很大影响，并打上了深深的烙印。侠客，既有英勇无畏的一面，又有侠胆柔情的一面，这是他的武侠小说人物的一个显著特点。做人，也应该既有锋利的一面，又有柔软的一面，不可失之偏颇。

（摘自《读者》2021年第7期）

不觉前贤畏后生

朵　渔

　　顾随先生解释"文人相轻",认为文人相轻皆由自尊来,而以理智判断之,又不得不有所"怕",所谓"后生可畏"也。欧阳修说"东坡可畏",有东坡在,"三十年不复说我矣"！东坡又怕黄山谷（庭坚）。"盖山谷在诗的天才上不低于东坡,而功力过之,故东坡有效山谷体。"顾先生说。黄山谷又怕谁呢,怕陈后山（师道）,后山作品虽少,但"在小范围中超过山谷",因此,山谷又说:"陈三真不可及！"

　　晚清以至民国,"不觉前贤畏后生"者大有人在。光绪奋发自强,欲广求人才。一日,光绪问翁同龢:"卿与康有为相比以为如何？"翁曰:"康之才胜臣百倍。"翁既有自谦也有雅量。廖季平所著《公羊论》,与其师王湘绮《春秋公羊传笺》陈义多有不合处,湘绮对季平说:"睹君此作,吾愧弗如。"王氏当然有自谦的资本。素爱臧否人物的叶德辉曾说:"清末有四人讲'公羊'，王壬秋、廖季平、康有为和我。我们各有各的'公羊'，内容绝不一样。"

这话若让康有为说，绝不会是这样。康氏向来自视甚高，睥睨众人。康氏号长素，盖谓其学问长于素王孔子也。甲午会试题为，达巷党人曰："大哉，孔子。"康文的结语写道："夫孔子大矣，孰知万世之后复有大于孔子者哉？"阅卷者咋舌弃去。1891年，康有为在众高足簇拥下，移居广州，正式挂牌讲学，是为万木草堂。康氏自封为"素王"，但他当时仅仅是个童生，他的头号门徒梁启超却是个新科举人，正所谓"秀才老师，举人学生"。1893年，做了20年童生的康有为最后一次提着考篮，与一群10余岁的嘻嘻哈哈的小年轻一起进入广州考棚，拼却老命，终于中举。两年后，又在北京会试中了进士，正如郑板桥所言："如今脱得青衫去，一洗当年满面羞！"郑板桥是康熙秀才、雍正举人、乾隆进士。

康氏常发怪异之论。据鲁迅记载，康周游11国，一直到达巴尔干，终有所悟——外国常有"弑君"之乱，皆因宫墙太矮！1895年，康有为开始着手制订一系列新的计划，他认为巴西地广人稀，是中国移民的理想去处。史家蔡尚思说："康有为的短处是太主观，太武断，太附会。"康有为有一方印，刊句云："维新百日，出亡十三年，游三十二国，行四十万里路。"《蛰存斋笔记》云："如此印章得未曾有，可谓清季有数人才矣。"

梁启超也是位卓异的人物，史家许倬云曾说："像任公那样天赋超群的人，近百年来，恐怕难找了。"任公在戊戌变法时期，基本上还是一个康有为思想的鼓吹者，"无一字不出于南海"。流亡日本后，他开始广泛涉猎各学科，汲取世界最新知识，自构思想体系，逐渐在思想上、政治上超越了其师康有为。"康梁"的顺序变成了"梁康"。特别是与孙中山接触后，梁启超渐渐转变保皇思想，由改良而渐变为激进。1899年夏秋之间，梁启超甚至致信其师康有为，劝其放弃保皇思想，信中说："国事败坏至此，非庶政公开，改造共和政体，不能挽救危局。今上贤明，举国共悉，将来革命成功之日，倘民心爱戴，亦可举为总统。吾师春秋已高，大可息影林泉，自娱晚景。启超等自当继往开来，以报师恩。"康有为得信后极为愤怒，指示梁启超马上离开日本前往夏威夷，到那里从事保皇会活动。此时，梁启超已不再是万木草堂的总学长，虽有时碍于师命而不得不听从于康有为，但随着岁月的流逝，梁启超已渐渐成为改良主义知识分子中最有号召力的领导者。特别是他手中那支笔，使他成为当时最有声望的舆论家，他的文名甚至使康有为黯然失色。1902年，本着"吾爱孔子，吾尤爱真理；吾爱先辈，吾尤爱国家；吾爱故人，吾尤爱自由"的想法，梁启超公开发表文章，认为教不必保，也不可保，从今以后，只有努力保国而已。

师徒二人再度碰面，是在1917年张勋复辟之时。梁启超得知张勋复辟的消息，当即发表通电反对，电中指出："此次首造逆谋之人，非贪黩无厌之武夫，即大言不惭之书生。"武夫是指张勋，书生就是指他的老师康有为。同时，他还亲入段祺瑞军中，参赞戎机。梁启超在反袁称帝和反对张勋复辟中均发挥了关键性的作用，可以说他是两次"再造共和"的大功臣。康有为参与张勋复辟事败后，杜门忏悔，渐入颓唐。晚年有句云："穷老无事，江山定居。天地既闭，松菊犹存。杜陵避乱则堂筑浣花，司马放还则园称独乐。将筑园林，与木石俱。"

梁启超一生多变，尝自言："不惜以今日之我，难昔日之我。"康有为则一生不变，顽固至死。人曰："康有为太有成见，梁启超太无成见。"

书生的骨头

詹谷丰

有些姿势，是属于一个时代的。其实，坐、卧、起、立、跪，乃至作揖、鞠躬、握手，所有的动作，都是心灵的姿势，都需要一根骨头支撑。没有了骨头，卧床的身体，也只是一具皮囊。

下　跪

在人前下跪，我曾以为是奴才的姿势，是软骨的病状。

清华国学院的学生刘节，是一个灵魂永不屈服的人。

清华国学院导师王国维投湖自尽的消息，犹如在平静的颐和园里投下了一颗威力巨大的炸弹。刘节随同导师陈寅恪等人赶到那个令人悲伤的地方。除了那份简短从容的遗书之外，再也没有找到一代大儒告别人世的任何原因。

刘节在王国维的遗容中看到了拒绝生还的决绝，遗书中那些平静的文字从此刻进了他的脑海中："五十之年，只欠一死，经此世变，义无再辱。我死后，当草草棺殓，即行藁葬于清华茔地……书籍可托陈、吴二先生处理……"

刘节参加了王国维遗体的入殓仪式。曹云祥校长，梅贻琦教务长，吴宓、陈达、梁启超、梁漱溟以及北京大学马衡、燕京大学容庚等数名教授西服齐整、神情庄重。他们头颅低垂，弯下腰身，用三次沉重的鞠躬，同静安先生做最后的告别。

陈寅恪教授出现的时候，所有的师生，都看见了他那身一丝不苟的长衫，玄色庄重，布鞋绵软。陈寅恪步履沉重地来到灵前，缓缓撩起长衫的下摆，双膝跪地，将头颅重重地磕在砖地上。在场的所有人都被这个瞬间惊呆了，众人在陈寅恪头颅叩地之时清醒过来，一齐列队站在陈教授身后，跪下，磕头，重重地磕头。

刘节，就是此刻在教授们身后跪倒的一个学生。当他站起来的时候，突然间明白了——下跪，磕头，才是最好的方式，才是最庄重的礼节。望着陈寅恪教授远去的背影，刘节想，陈先生用一种骨头触地的姿势，完成了对王国维先生的永别。陈寅恪教授，不仅仅是王国维先生遗世书籍最好的委托人，也是能够理解死者文化精神和死因的人。

王国维先生纪念碑上的文字，此刻穿透时光提前到达了刘节身边。两年之后才出现在陈寅恪教授笔下的王国维先生纪念碑碑文，在陈寅恪教授下跪的瞬间落地。刘节成了这段碑文的催生之人。

王国维先生的纪念碑，经过时间的打磨，两年之后，屹立在清华园中。在以刘节为首的学生们的请求下，陈寅恪教授提起了那支沉重的羊毫，用金石般的文字，破译了王国维的殉世之谜，用独立精神、自由思想的主张，彰显了学术人格的本质精髓。

陈寅恪教授的一个动作，无意中改变了刘节对"下跪"这个词的认识和理解，并影响他终生。陈寅恪教授，把对王国维的纪念，刻在了坚硬的石头上；刘节先生，则把那段文字刻进了柔软的心里。

跪　拜

许多年之后，当刘节教授在岭南大学的校园里见到陈寅恪的时候，他没有想到"跪拜"这两个汉字组合的仪式就这样突然来临了。

在国民党败退逃往台湾的混乱中，陈寅恪拒绝了蒋介石的重金邀请，在岭南大学校长陈序经的礼聘下来到了温暖潮湿的广州，而他的学生刘节，则早他三年到达广东。

在美丽的康乐园里，学生们知道历史系主任刘节和历史系教授陈寅恪，但似乎没有人了解他们过去的师生关系。但是，每逢传统节日，学生们都可以看到令他们惊诧的一幕：系主任刘节彻底脱去了平日西装革履的装束，一袭干净整洁的长衫，布鞋皂袜，一派民国风度。见到陈寅恪先生的刹那，刘节教授便亲切地喊一声"先生"，然后撩起长衫，跨前一步，跪拜行礼。

在刘节庄重的磕头礼中，学生们终于知道了他和陈寅恪教授的师生因缘，也知道了这对师生1927年6月在王国维先生遗体入殓仪式上通过庄重的下跪产生的心灵交集。

就在刘节教授用跪拜的仪式表达尊敬和感恩的时候，岭南大学的长衫被时代的世风脱下了，康乐园里换上了中山大学的新装。在课堂上，刘节教授将陈寅恪撰写的《王国维纪念碑碑文》移到了黑板上。刘节教授眨眼之间，新旧两个时代的交替就像时光从沙漏中间穿过，然后又聚集在他的掌上。

　　士之读书治学，盖将以脱心志于俗谛之桎梏，真理因得以发扬。思想而不自由，毋宁死耳。斯古今仁圣所同殉之精义，夫岂庸鄙之敢望。先生以一死见其独立自由之意志，非所论于一人之恩怨，一姓之兴亡。呜呼！树兹石于讲舍，系哀思而不忘；表哲人之奇节，诉真宰之茫茫。来世不可知者也，先生之著述，或有时而不章；先生之学说，或有时而可商。惟此独立之精神，自由之思想，历千万祀，与天壤而同久，共三光而永光。

　　刘节教授说，骨头虽然坚硬，但一定得用皮肉包裹。深刻的思想精髓，必定在文字的深处。下跪，磕头，站立，鞠躬，已经不再常见，但当它出现的时候，一定有它厚重的原因。

（摘自《读者》2016年第12期，本文有删改）

弓循节制

张敬驰

教我小提琴的老师，可算是本地提琴界的一股清流。当别的老师都在训练学生左手按弦的速度与熟练度时，他却不紧不慢地说："小提琴右手弓法，重在节制。就好比，全音符以下用半弓便可，无须拉全弓。"

这我当然知道，只是4秒以下的音符，我的小笨手也来不及走完近一米的全弓弓长。在有些时候，节制并非是作为一种美德而刻意为之。当能力不足以承担全弓奏响的绚丽时，节制地运用半弓，也是一种不能为则不为的韬晦。

但自我忖度能力可以达到之时，便隐隐生出忽视节制的风险了。譬如，为了追求乐音的圆润，我常常在弓毛上抹过多的松香。屡次劝教不听后，老师给我取了一份极长的总谱："从头到尾，把这首过一遍。"

琴声初起，弓毛上附着的松香在琴弦的细微震颤下如腾起的烟雾，又混杂着暖阳随风飘飞，声音也是极其洪亮饱满，在琴房中回响激荡。

但总谱还未拉到一半，弓上的松香已耗去大半。虽与正常演奏时的用量相差无几，但和刚才的声音相比，就显得尤为干涩生硬。

"听到了吧，松香用得不节制，初听是不错，但演奏到一半声音和前面对比，就有些不堪听了。"原来，节制并不是"不能为而不为"，而是"可为而不为"。自己有能力去做，却懂得控制自己的力量，为的是在整个过程中达到一以贯之，不会因一时的高歌而衬出之后的无力。

不过，老师教我的弓忌太紧，却一直未有解释。调节旋钮将弓毛收紧，运弓时便更加有力，弓也更容易掌握。老师却一直强调弓的松紧亦要有节制，总是将我的弓调成半松状态，待拉到乐曲高潮时，弓上支撑的横梁失去平衡，稍不注意就倒在琴弦上。"执弓不坚啊！"老师微微叹气。

待软弓用得自如后，便该参加比赛了。"你用这把弓吧。"老师将他的弓递过来，拿在手上有些分量。看纹理，应是不错的枫木。重要的是，硬弓，满松香。"老师，这松香和硬弓……""弓毛两面均上松香，虽是浪费了点，但一曲下来应该没问题，至于硬弓，你上台就知道了。"

台上，用惯了软弓的手，拿起硬弓竟游刃有余。突然意识到，节制地用弓，是为了厚积薄发，最终要在"当为而敢为"时，将先前节制所攒下的力量，尽数爆发出来。

隐约想起上台前老师对我说的话："乐曲到高潮的时刻，在技法上别太节制。但心还是收收好，别盯着奖杯。你看那些冲着拿奖来的人，看上去肆意，弓实际上已经乱掉了……"

弓循节制，方得不乱，方可绚烂。

（摘自《读者》2020年第12期）

哀莫大于心不死

白岩松

人生有意义吗？说得消极一些，一辈子爬得再高能爬到哪儿去？爬成一个皇帝，爬成一个元首？从秦朝到现在，你能记住的皇帝有几个？即便在我们活着的这短短几十年，有的名字曾经如此重要，过两年也就没人提了！

时光不会停留，一切终将朽败。人类面临的问题，永远得不到终极的解决，像一场永不停歇的博弈。怎么办？好的书籍会不断教给你，怎么积极乐观地去面对这样一个实则消极的过程。要知道，年轻的时候，你会把未来想象得非常美好，抑扬顿挫，感慨激昂，眼前是一条又一条英雄路。但是当你有一天走出校门，生活才会对你展现出真相。

就像我，做一个主持人，在别人眼中可能已经相当了不得了，但还是无奈的时候更多。如果没有阅读，你会走到死路的尽头。而在书中，你会

182·

读到跟你有着同样经历的人，在那个死路尽头记录下来的所思所想，帮你推开一扇新的门，让你有力量背负着痛苦继续行走。走得久了，回头看那段历程，看到自己在进步，社会在进步，又感到很快乐，而且心安理得。

我可不主张年轻人刚刚二十多岁就把人生参透了，那接下来的岁月怎么办？我们都知道有句古话叫"哀莫大于心死"，聂绀弩老先生却写过另外一句话，"哀莫大于心不死"。这里有更深邃的含义，不到一定的岁数是不明白的。

重要的不是生活本身，而是面对人生的态度。乐观的人一定比悲观的人走得更远，走得更好。

（摘自《读者》2016年第7期）

塔楼里的微光

祁文斌

惯于"自省"的英国女作家伍尔夫在笔记中写道："有一天，蒙田在巴勒杜克看到一幅勒内的自画像，便自问：'既然他可以用蜡笔为自己画像，我们为什么不可以用鹅毛笔来写写自己呢？'"当然，这只是伍尔夫想象的蒙田写随笔前的情景。

多年前，我的床头也放着一本《蒙田随笔》，节选本，不厚。后来才知道，全套的《蒙田随笔》有3卷，80来万字。印象中，16世纪的法国人文味很浓，所以，蒙田干了一件忒朴实的事儿：写自己的生活，所见、所历、所感，自自然然。也正因为如此，《蒙田随笔》很流行，至今长盛不衰。

蒙田从来不认为自己在"做学问"。不过，他还是在自己37岁那年继承了其父乡下的产业，一头扎进那座古堡圆塔三楼的藏书室。蒙田向往隐逸和宁静，他说："我知道什么？"于是开始了对人生与世界的窥视和探询，蒙田的尝试尽管有过间断，但前前后后也持续了20多年。

在欧洲，蒙田无意中开创了"随笔"这一特殊的文体，随心所欲，娓娓而谈。后来，人们从培根、莎士比亚，还有卢梭的文字里都能看到蒙田的影子。读蒙田的随笔，人们面对的是一个朋友，而非"导师"。无疑，蒙田是谦和的，他的书中充满他对世事万物的体察以及对自然和生命的热爱。蒙田认知的核心不是怀疑或否定，而是对人与世界所怀有的最大的理解和宽容。孟德斯鸠说："在大多数作品中，我看到了写书的人；而在这一本书中，我看到了一个思想者。"向来尖锐的尼采说："这样一个人的存在使人倍感活在世上的欢欣。"

蒙田直到死去的时候，还一直说他不是真正的作家，只是个乡村绅士，冬天无事可做，才草草记下一些杂乱的思想。这思想的光，从那座古堡藏书室中微微散发，广博而悠长。

（摘自《读者》2019年第5期）

那些古怪又让人忧心的问题

王新芳

兰道尔·门罗是美国科普漫画家。他曾在 NASA 制造机器人，能轻松玩转物理、天文、生物、化学、数学等学科知识。

一天，门罗收到一封邮件，发件人是12岁的男孩约翰。约翰在信中说："我和小伙伴保罗为一个问题产生了争执。你经常画科学漫画，也许能帮我们解答。如果地球上所有人都挤在同一个地方，所有人同时跳起，再同时落地，会发生什么？"看到这个问题，门罗忍不住笑了。这个问题太荒唐，如果被问的是家长或老师，他们一定拒绝回答。

但门罗决定给孩子一个答案。这问题看似简单，要想准确回答却很难。门罗是个较真的人，整整一天，他反复思考，却茫然无头绪。

门罗不甘心，去了一趟国家图书馆，查阅了有关的学术论文。有几个地方不甚明白，门罗又买了张机票，去遥远的城市拜访一位朋友，他是某个领域的专家。回到家，门罗又在电脑前查阅资料，一直忙到深夜两点。直到寻出完备的答案，他才兴奋地抽了一支烟。

他给约翰回了信，告诉孩子一个有趣的答案。

首先，假设全球人口被魔法运到罗得岛。随着正午到来，大家一起跳起。这个举动对地球一点影响也没有。地球的质量是所有人质量的10万亿倍以上。正常人良好发挥时，平均可以垂直跳起0.5米左右的高度。接下来，所有人都落到地上。严格说来，落地过程确实会传递给地球巨大能量，但受力面积太大，影响最多是在泥地上留下一堆脚印而已。所有人落地时产生的巨大声响可能会持续几秒钟。

等一切安静后，真正的后果随之而来。所有人的手机网络都在史无前例的重压下崩溃了。罗得岛外，没人操纵的机器开始慢慢停转。对于数量庞大的人类来说，机场和轻轨的运输能力是杯水车薪。燃油耗尽前，一些人逃离罗得岛。其他留在岛内的人难以获取淡水资源。不出几周，数十亿人在罗得岛上死去。

很快，门罗收到约翰的回信："感谢你，让我知道了如果之后的结果。而且，你的答案还证明我赢了。"

门罗发现，只要去求证，再荒诞的问题都可能有一个科学的答案，尽管那些假设性问题几乎不会发生，但对保护孩子的想象力来说意义非凡。他决定把这件事情长久地做下去，就开设了一个科普博客，并推出 What If（如果）问答栏目，专门接收孩子们稀奇古怪的问题。然后，他会想尽一切办法，一一解答。

很多朋友不理解，认为这是一个疯狂的科普漫画家跟一群孩子在讨论一些疯狂的事，纯属没事找事。门罗却乐在其中。对他来说，那些古怪、令人忧心的问题，是以无用来对抗现实中太多的有用，以荒谬的假设来验证人最珍贵、自由的想象力的存在。

后来，门罗把在 What If 上的问答结集出版，书名是《那些古怪又让人忧心的问题 What If》，受到读者的热烈欢迎。该书横扫《纽约时报》《出版人周刊》《华尔街时报》等各大图书榜。

而门罗的目的只有一个：保护孩子们的想象力。

（摘自《读者》2016年第9期）

命 好

李家同

王胖子是我的好友。他是台中市一家四星级大饭店的主厨。

王胖子是个大好人，他告诉我他还有一个兼职，在彰化的少年辅育院教那里的一些孩子烧饭。王胖子收入奇高，这是公开的秘密，他去那里兼职，其实等于是做义工，很多有前科的孩子，离开辅育院以后都在餐饮业找到了工作，王胖子有很大的功劳。

有一天，王胖子告诉我，他在辅育院发现一个孩子颇有音乐天分。他说，我应该进去以义工身份指导他。

这个孩子叫赵松村，他的确有音乐天分，他完全无师自通地学会弹钢琴和吹长笛，我的任务只是纠正他的一些错误而已。我说他有音乐天分，是指他的乐感特别好，只要有人唱一首歌，他立刻就能在钢琴上弹出来，右手弹的是主旋律，左手弹的是伴奏，伴奏通常是他自己随性编的。这种学生，真是打着灯笼都难找到。

赵松村和我学了一阵子音乐以后，开始给我讲他的身世。他的父亲在他小时候就中了风，成了植物人，可是一直活着，住在一家医院里。他由母亲带大，因为他们的家在非常偏远的乡下，没有什么工作机会，母亲只好打零工来挣生活费。在他念初一的时候，因为没有钱买鞋子，常常赤脚上学，书费也缴不起，都是老师们帮他解决的。他本来也不喜欢念书，这种念书生涯使他感到厌倦，决定一走了之，到台北去打拼。当时他只是个初中二年级的学生。

他在一家建筑商那里找到一份苦工，虽然累，但是有收入，他感到好快活，还寄钱给他妈妈。没有想到的是，后来他妈妈出了车祸，他赶回去的时候，妈妈已经断了气。他从妈妈的遗物中拿了一条十字架项链作为纪念，从此他变成了无依无靠的孤儿。

赵松村慢慢地感到，做建筑工人太苦了，虽然薪水不错，可是成天在大太阳下流汗，几乎没有一分钟身子不是臭的。他羡慕那些在 KTV 里服务的孩子，他们可以穿衬衫，有的还打领结，又不用晒太阳。虽然薪水不高，但至少看上去有点社会地位，所以他就设法改行，做了一名 KTV 服务生。

当初在做工人的时候，他从来没有交过坏朋友，现在不同了，他交了一大堆坏朋友。究竟他犯了什么错，我不便说，我只能说，他犯的错全是他的那些坏朋友教的。

他非常关心他爸爸，他说他以前过一阵子就会去看看爸爸，但现在不行了。我找了一个周末，去桃园那家医院看了他爸爸，回来告诉他，他爸爸仍是老样子，他可以放心。

赵松村又告诉我，他有一个小弟弟，他离开家的时候，小弟弟四岁，妈妈下葬的时候，小弟弟被好心人领走了，当时小弟弟只有五岁。他的小弟弟叫赵松川，在台中一所小学念五年级，他又求我去看看他这唯一的小弟弟。他一再地告诉我，他弟弟的命比他好。

我们做老师的，很容易进入学校。我找到了小弟弟赵松川的老师，在操场一大堆蹦蹦跳跳的小鬼中间，他指出了赵松川。赵松川显然是个快乐而又爱胡闹的小男孩，他一身大汗，一面擦汗，一面和他的同学打闹。

我想到了赵松村，他一直有点忧郁，很少露出快乐的笑容，尤其在吹长笛的时候，总是将一首歌吹得如泣如诉。而现在看到的弟弟赵松川，却是一个如此快乐的孩子。

老师告诉我，赵松川一向快乐，人缘也好。我问他是不是被一个好家庭领养了。老师的回答令我吃了一惊，老师说他五岁就进了一所孤儿院，一直住在孤儿院里。

我的好奇心使我当天晚上就去了这所孤儿院。孤儿院的院长是一位年轻的牧师，他带我参观了孤儿院，也告诉我他们了解赵松川的哥哥现在被关了。他们发现赵松川根本不记得有这么一个哥哥，他们打算暂时不告诉他，等他大了以后再说。

孤儿院并不是经费非常充裕的地方，可是孩子们都十分快乐，他们好像认为陌生人都是好人。

牧师告诉我，当天晚上有一个晚祷，孩子们都要参加的，我应邀而往。晚祷很短，结束的时候，大家一起唱《你爱不爱我》。我从来没有听过这首歌，可是一学就会了。这首歌的第一段是独唱，是赵松川唱的，原来他和他大哥一样，极有音乐天分。晚祷结束以后，我正要离开，赵松川跑过来，要我弯下身亲亲他。牧师告诉我，这是他的习惯，喜欢叫陌生人亲亲他。

　　我将我的所见所闻一五一十地告诉了赵松村。他听了以后，告诉我他去看过他的弟弟。第一次见面，是一个星期天，他的弟弟穿了白衬衫、白长裤，打了一个红领结，站在教堂的唱诗班里，当时他就不敢认他弟弟了。第二次，他又悄悄地去孤儿院，这次他发现，弟弟不但会用电脑，还会英文。而他呢？他长这么大没有碰过电脑，英文单词本来就没有记住几个，现在是一个也记不得了。

　　当他开始交上坏朋友以后，他就没有再去看他的弟弟，他知道弟弟并不认识他。他虽然觉得和那些朋友一起出去玩，是一件很爽的事，可是他不希望弟弟知道有他这样一个哥哥。

　　在我们开始练琴以前，赵松村又说："李老师，我不是说过吗？我弟弟命比我好。如果我小时候也进入孤儿院，今天我就不会在这里了。"

　　圣诞节到了，辅育院请孤儿院的孩子们来共同举办联欢晚会，我和王胖子也参加了。各种表演过后，压轴的是大合唱《你爱不爱我》。在台上，首先由辅育院的赵松村演奏长笛，这次他没有将这首歌吹成伤感的调子。接着是独唱，独唱的正是他的弟弟赵松川，在场的只有我、王胖子和哥哥赵松村知道他们是兄弟。独唱完了，大家一起站起来合唱。我注意到赵松村在弟弟独唱的时候，眼泪已经流出来了。大家合唱的时候，他没有唱，一直在擦眼泪。

　　合唱完以后，弟弟赵松川又跑到他哥哥那里，他天真烂漫地说："大哥哥，你的长笛吹得好好听，应该亲亲我。"赵松村弯下身来亲亲他，并从自己颈上拿下了那条妈妈留给他的十字架项链，挂在弟弟的脖子上。他弟弟因为赵松村的这个举动愣住了，可是仍然大方地谢谢他的哥哥，走下台来。

　　这次，我和王胖子有点忍不住了。在回家的路上，王胖子对我说："我终于懂得什么叫'命好'了，'命好'就是小的时候，只碰到好人，没有碰到坏人。我小的时候，没有钱念一般高中，而要去念高职，也无法继续念大学，可是我一直没有碰到坏人。如果我小的时候就碰到坏人，我一定也会学坏的。"

我说："王胖子，你说得有道理，可是命仍然是可以改的。如果我们这些好人多和他们做朋友，他们就不会变坏了。"

王胖子同意我的说法，他说，看起来赵松村的命已经改过来了。虽然外面很冷，我们仍然感到温暖。

（摘自《读者》2019年第5期）

辉映的星光

喻 军

读宋史总感觉有点"吃力",因为宋朝是一个反差很大的朝代。一方面文武簪缨、人才辈出,另一方面又积贫积弱、备受欺凌。没有人否认,宋朝是中国文化的一座高峰。

宋朝的文运如此昌盛,可同时,朝廷中那种"党争不断、对垒攻讦"的文人权斗,也堪称历朝之最。于是,我放下书本,望向窗外,去想象一种人性的还原和内心的本源,并试图借助袅袅的词气、悠悠的文气,回探那一张张温润、高洁抑或沧桑的脸。苏轼、王安石和秦观,既是北宋年间三大杰出的文人,又都曾是朝廷的官员。他们之间有恩怨,也有惺惺相惜和冰释前嫌,让人感悟到的,是一派胸襟气象的高华。

就从秦观说起吧!

秦观(1049—1100),婉约派词宗,"苏门四学士""苏门六君子"之一。

《宋史》言其"少豪隽，慷慨溢于文词"，《淮海集·序》中又言其有"系笤二房，回幽夏故墟之志"。乍看这两句话，好像秦观是一位性情豪放的侠士，文风必定畅快淋漓，其实不然。这两句话指向的是少年时的秦观。其实，他天生多愁善感、气质优柔，是个少年丧父、居家苦读、体质文弱的书生。

所幸的是，他遇到了"命中贵人"。与大文豪苏轼的交游，深刻影响其一生。秦观是个"一根筋"的人，无论政治风云、个人遭际如何动荡变幻，他从不站在为己谋算的角度去揣度人，而是秉持自性，抱持立场，终身奉苏轼为师。故苏轼称其"才敏过人，有志于忠义"，足证法眼如炬。

秦观有两句诗："我独不愿万户侯，惟愿一识苏徐州。"（《别子瞻》）诗的背景是这样的：熙宁十年（1077年），秦观怀着仰慕之情，拜谒徐州新任知州苏轼，是为初次相识。次年，应苏轼之请，秦观写了一篇《黄楼赋》。想必苏轼看出了秦观惊人的才华，赞其"有屈（原）、宋（玉）之才"。当然，这是苏轼蔼蔼长者之风的体现，虽对秦观有明显拔高，但应属可以会心的对晚辈的奖掖。正是这样一种知遇之恩，使秦观刻骨铭心。后来，他和苏轼的缘分穿越了时间的风雨而贯穿始终，即为明证。

二人曾同游吴江、湖州、会稽等地，于湖光山色中，谈诗论道，臧否人物，算是正式结交。古人有"考志"一说，即通过接触和交流，了解对方的器识、才华和志向。秦观作为苏轼的关门弟子，苏轼对其若有"考志"之意，也属正常不过。

在苏轼的引导下，秦观发奋苦读，但两度应试皆名落孙山。情绪低落之际，苏轼特意作诗予以勉励。这还不算，元丰七年（1084年），苏轼途经江宁时，向王安石力荐秦观的人品才学，后又致书道："愿公少借齿牙，使增重于世。"王安石也赞许秦诗"清新似鲍（照）、谢（灵运）"，予以肯定。

我再三品读这件事，颇有感慨，甚至感动不已，觉得有稍加深入解读的必要。

首先，苏轼当时已经名满天下，官职（徐州知州）也不低，秦观只是一名尚未成名的文学青年，苏轼却以雍容的名士风度，不但接受了秦观的拜访，而且与之结伴出游，充分体现了他的人格魅力和爱才之心。其次，1084年，47岁的苏轼离开贬所黄州，奉诏赴任汝州（后未成），途经江宁（南京），专程拜访昔日政敌、63岁的前宰相王安石，欲为当年"新旧两党"由于不同政见所导致的不和及误伤向王安石表达内疚之意。不承想，已经下野七八年、时在病中的王安石听说苏轼到了江宁，竟风尘仆仆赶到渡口等候，这是多么入画的场景啊！

江宁数日，二人多次作诗唱和，谈玄说妙，其乐融融。苏轼游钟山后，诗句有"峰多巧障日，江远欲浮天"，王安石读罢，谦称"老夫平生所作诗，无此二句"。苏轼离开后，王安石又对人说："不知更年几百，方有如此人物。"

历经宦海浮沉的政治对手，最后捐弃前嫌，惺惺相惜，这是一种"放下"的境界。另外，苏轼把秦观托付给王安石，按寻常逻辑看，应属所托非人，毕竟秦观已列入自己的门墙，而他过去和王安石又有那么多的隔阂和互伤。但苏轼毕竟是苏轼，他深知王安石这等人物，必有恢宏的气度，岂可以寻常之情视之？我以为，性情如王安石、苏轼这样的人物，于公可以势同水火、寸步不让，于私却可以把酒言欢、肝胆相照。下面这个例子，正是泪点。

"乌台诗案"发生时，王安石已被罢相三年，正在江宁隐居，当他知晓苏轼遭此劫难后，竟连夜写信，派人飞马进京呈神宗，信中有这么一句话，分量很重："岂有圣世而杀才士乎？"神宗看了王安石的信，思之再三，决定放过苏轼，将其贬为黄州团练副使。试想，当时苏轼已经被定罪，自忖凶多吉少，甚至给胞弟苏辙写信交代了后事。苏轼入狱后，在"天下之士痛之"却"环视而不敢救"时，没承想赋闲在家、不问世事却声望犹在的昔日政敌王安石，振臂一呼，跳出来解救苏轼，吁请神宗刀下留人，这是何等磊落的胸怀和高贵的人格啊！

而苏轼向王安石推荐屡试不中的无名词人秦观，也是他有情有义和注重才学人品、不计门庭出身的气度使然，秉持的还是那份扶持晚辈、唯才是举的古风。文人相轻不是大文人所为，大文人看见别人有美妙的才华，非但不会忌妒，反倒会倍加呵护，给予帮助，所以，才当得起一个"大"字啊！我思忖，苏轼之所以向王安石推荐秦观，也可能考虑到自己即将赴任汝州，与居住在高邮的秦观相距遥远，关照不上，而秦观却与身居江宁的王安石有地利之便。把秦观推荐给王安石，以王安石的崇高威望，定能使秦观在文坛上有所"增重"，也算了却作为师长的一份心愿。这又是多么深厚的一份师生之情啊！苏轼当然不会忘记，自己当年应试科举，曾得到前辈欧阳修的极力举荐，才使得宋仁宗关注到他，并高兴地说"吾为子孙得两宰相"（另一个指苏辙）。

以后，苏轼的延誉、王安石的勉励，终于使秦观脱颖而出。仅过了一年，37岁的秦观三度应试，高中进士。还是由于苏轼的举荐，秦观先后担任太学博士、国史院编修等官职。

令人叹息的是，两年后，王安石离世。与苏轼江宁一别，此生已是永诀。

其实，任何事情都有两面：秦观因苏轼的一路扶持而走上自我发展的道路，但毋庸讳言，也正是由于他是苏门弟子，故而从政后随着苏轼政治生命的起落而备尝世道的艰辛。贬职、起复、流放，再贬职、再起复、再流放。且在彼此的流放途中，秦观与他的恩师苏轼时有书信辗转往来。不过在宋朝，范仲淹、欧阳修、司马光、黄庭坚甚至蔡京，都曾体验过贬谪途中的落寞和凄凉。

元符元年（1098年），秦观由郴州编管横州（今广西横县）。"编管"是一种使人失去人身自由的重罚。次年又徙雷州，在雷州自作挽歌。元符三年（1100年）五月得赦令，八月十二日卒。可以讲，秦观死在了流放途中。苏轼得到消息后，"两日为之食不下"，并在信中提到："哀哉！痛哉！世岂复有斯人乎？""天下惜此人物。"

行文至此，我未引用一句秦观的诗词，虽然他的词作是那么动人，而且和他的贬谪生涯密切相关。本文的用意并非谈论他在文学上的非凡成就，这方面的表述和研究成果可用车载斗量来形容了。我所叙述的，仍然是一种力透纸背的人性。

说句实在话，作为男人的秦观，在生命的承压能力上，远没有他的老师那么豁达，也比不过同一师门、同样被贬谪的黄庭坚。如果说"一蓑烟雨任平生"是苏轼的洒脱，那么"付与时人冷眼看"则是黄庭坚的傲然。苏轼的流放地比秦观的更为荒僻，远贬海南是当时最严厉的惩罚。至于苏轼遭受的诽谤、打击甚至死亡威胁，也远比秦观更为险恶、更为严重。但用一句现在的话来说：苏轼的心理素质过硬，他吃得下、睡得着、看得开，无论何种境遇，都能活出一份自己的精彩。相形之下，秦观却有一颗多情而纤弱、敏感而忧郁的"词心"（冯煦《蒿庵论词》），稍有一点痛苦，他就痛彻难当，划开一道小口子，就流血不止。话又说回来，不谙官场、词才超绝的秦观，却甘愿终生追随苏轼，哪怕这意味着更多的苦难，他从没有像其他一些人那样见风使舵、落井下石，搞政治投机，这就很不

简单！他真的就是"一根筋"——认定了，就走下去；选边站了，就永远
选边站；已经追随的，就永远追随，至死而未悔。秦观把所有的伤痛和
哀愁、落寞和心碎，填进一首首凄美的词中。谁能否认，貌似柔弱的秦观，
不是人中的君子和世间的大丈夫呢！

有人认为，"文人相轻"是自古以来的一种恶习。有一个传说，堪称
比较极端的事例：初唐诗人刘希夷写了"年年岁岁花相似，岁岁年年人
不同"，他舅舅宋之问读罢击节赞叹，要外甥把诗让给自己，外甥不同意，
舅舅竟出狠招致其死，可见宋之问的人格卑劣。但同样在唐朝，也有王
（维）孟（浩然）、李（白）杜（甫）、元（稹）白（居易）、韩（愈）孟（郊）
的并称和深厚友谊的载传。如果唐朝主流文人不具备这样开阔的胸襟和
恢宏的气度，又怎能造就唐诗的大气象和大境界？北宋的王安石、苏轼、
秦观之间相互映衬以及彼此照耀的星辉，是一种人格精神、士子风范的
传承。唯其如此，才温暖了后世无数人心，使得中华千古文脉中的真骨
血历经万劫，却香火不绝。

（摘自《读者》2019年第8期）

"致良知"的境界

青山闲人

王阳明是一个伟大的教育家，其教育的伟大目标是让人人都达到"致良知"的境界。

致良知，究竟是一种怎样的境界呢？

很简单———一言一行都符合良知的准则，一举一动都符合中庸的规范。

要达到这种境界，难度大吗？

我们只要听听孔子的形容就明白了。孔子说："天下国家可均也，爵禄可辞也，白刃可蹈也，中庸不可能也。"由此可见，要达到"致良知"的境界，几乎是"难于上青天"。这也就是几千年来圣贤屈指可数的原因。

那么，达到了"致良知"的境界，又会怎么样呢？

遭巨变：每逢大事有静气，不慌不忙

1519年的夏天，阳明先生在前往福建的途中，突然得到宁王叛乱的消息。其时，江西巡抚孙燧和按察副使许逵被宁王杀害，江西全省官员被宁王控制，各地府库的钱粮物资被宁王没收。宁王的十万叛军就像被喂饱了的鹰犬，露出了锋利的牙齿……在一无兵马、二无将官、三无粮草、四无器械的情况下，阳明先生临危不乱，很快在吉安府树起了平叛的大旗，并针对宁王可能采取的上、中、下三策，迅速使出了"无中生有"的疑兵之计，仅用了几百份伪造的朝廷公文，硬是扰乱了宁王的心神，打乱了宁王的战略部署，使其不知不觉地落入了阳明先生为其设计的"下策"（据守南昌，被朝廷大军围困而死）之中。

逢绝境：人生达命自洒落，不惶不馁

1507年夏天的一个黄昏，阳明先生在被贬走龙场之前，寄住在杭州圣果寺养病，被刘瑾派来的两个刺客挟持。面对逃不了又打不过的危局，阳明先生没有绝望，而是眉头一皱，计上心来。

他将家里给自己准备的一笔数目不小的路费全部送给两个刺客，非常诚恳地说："二位兄弟与我无冤无仇，这次办差一定是奉命行事，我一点也不怪你们。我是一个必死之人，这钱拿着也没有什么用处了，就送给二位吧！"两个刺客一生杀人无数，倒从来没有见过在死亡面前如此通达之人，顿时心生好感，便和气地对阳明先生说："我们是有命在身，不得已而为之。今日你不死，我们就得死！不过看在你如此配合的份上，你可以选择一个死法。"阳明先生一听，非常感激，作了一个揖，说道：

"临死之前，能遇到二位兄弟，也是一种缘分。我一生潇洒自在，今日也想求一个自在死法。这样，我先拿钱置办一桌酒席，恳请二位与我豪饮一顿，然后，我就投江自尽，以完成二位的任务，如何？"两个刺客一听，觉得没什么风险，而且可以赚一顿美酒美食，便爽快地答应了。

酒过三巡，菜过五味，眼看着两个刺客渐入蒙眬之境，阳明先生心知计已生效。但为了把戏做足，彻底让两个刺客放松警惕，阳明先生又请人拿来笔墨纸砚，当场写了两首绝命诗，并一再嘱咐刺客想办法交给自己的家人。其中一首诗是："学道无成岁月虚，天乎至此欲何如。生曾许国惭无补，死不忘亲恨有余。自信孤忠悬日月，岂论遗骨葬江鱼。百年臣子悲何极，日夜潮声泣子胥。"两个刺客虽然文化程度不高，但看着阳明先生那行云流水般秀丽劲挺的字迹，也"相顾惊叹为天才"！善于察言观色的阳明先生便趁热打铁，又灌了二人不少美酒，直至他们彻底进入醉乡。

这时，阳明先生果决地起身，大步向江边走去。两个刺客摇摇晃晃地跟在后面，距离拉得越来越远。阳明先生到达江边后，见两个刺客尚未跟上来，便赶紧脱掉鞋子，将之放在江边的沙滩上，摘下头巾弃于水中，然后抱起一块大石头"扑通"一声投入江中，制造了一个投江自尽的假象，自己则迅捷地躲进了江边的芦苇丛中，悄然远遁了。

等两个刺客醉步走到江边，看到遗落在沙滩上的鞋子和水中的头巾，认为任务已经完成，便放心地回去复命了。

遇诱惑：举头三尺有神明，不贪不占

阳明先生之所以能成为一代伟大的思想家、教育家，之所以能为中

华民族种上"良知"之树，与其父亲王华的言传身教密不可分。如果说，阳明先生无愧为一个"良知"圣人，王华则无愧为"良知"之父。这一点，从两个小故事可以看出来。

王华六岁时，与村里的一群小伙伴在河边玩耍。这时，一个醉汉来到河边洗脚，洗完后便摇摇晃晃地走了。等他走后，王华发现河边有一个钱袋子。王华想，这一定是醉汉丢下的。眼看着太阳落山了，王华随意找了个借口，没同小伙伴一起回去，而是静坐在河边等待醉汉归来。果不其然，那醉汉一边号哭，一边向河边赶来了。王华迎上去，举着钱袋说："大叔，你看看，这是你丢的钱袋吗？"那醉汉欣喜若狂地接过袋子，打开一看，里面分文未少。醉汉随即取出一小锭金子说："小朋友，非常感谢你，这点钱你拿去买糖果吃吧。"王华笑着拒绝："大叔，你数十锭金子我都不要，还会要你一锭金子吗？"那醉汉听了非常惭愧，对着王华深深地鞠了一躬！

（摘自《读者》2019年第14期，本文有删改）

浑然天成的爱与真

北溟鱼

王羲之是个不懂教育的家长。他受了王述的气就回家骂儿子，一句"没出息"骂出来，儿子们真的绝了积极做官、光耀门楣的念想，自暴自弃，一个个变着法子叛逆。其中最搞怪，最五花八门，最令人目不暇接的就是王徽之。

他走到哪里，就算是只住一个晚上的屋子，也要让人在屋前种竹子，几十年如一日。他还曾一声招呼都不打就住进一户人家，待了好几天，弄得主人神经紧张，他却只是看了几天人家种的竹子，拍着手赞叹，好竹子，好竹子！之后扬长而去。旁人劝他别总是兴师动众，他却说，饭可以不吃，竹子不能不看。

但毕竟生在贵族家庭，就算他再搞怪，朝廷也要寻一个体面的位置给他，以示对王家的尊重。于是对军事一窍不通的王徽之被安排做了桓温的参军，之后又转为桓冲的骑兵参军。对王徽之来说，做官和不做没有什么区别——天天不洗脸、不上班，直到桓冲忍无可忍来兴师问罪。桓冲问，你具体的工作是什么？王徽之稍微想了一下，大概是管马的？桓冲又问，管多少马？王徽之说，我都不认得马，哪里知道有多少？桓冲咬牙切齿，又问，马和死相比起来怎样？王徽之听出这是在威胁他，但依然淡定地装糊涂：我还不明白活着呢，怎么明白死呢？不能打，不能骂，碰上王徽之这样一个"无赖"，桓冲只能听之任之。在桓家这样一个有着积极朴素的处事传统的家族里，最不能容忍的大概就是王徽之这种人。但是王徽之也有办法在桓家找到知己——桓伊。

有次王徽之坐船回家，船停在建康城里的青溪畔，这时候恰好桓伊从岸上经过。两个人素昧平生，但是王徽之听说桓伊善吹笛，就大方地要求道，能不能给我吹一首？桓伊当即掏出笛子奏了三调。王徽之在船上听着，仿佛有梅花的气息，幽深而又缥缈，这曲子就是后来的《梅花三弄》。而后二人又各走各的路，没有一句交谈。

王徽之爱竹，爱听音乐，爱好一切能够让他产生美妙情感的东西。虽然魏晋是中国人敢爱敢恨的时代，但在名声和事务的包裹下，更多的人只能适可而止。但是王徽之不知足，他要把有限的生命投入无限的寻找快乐中去。他把自己活成了一幅画，像神仙一样，让人膜拜。

元代的画家张渥有幅名画《雪夜访戴图》，主角就是王徽之。

大雪初歇，月夜如昼。徽之卧而不能眠，干脆爬起来，一舟一人一壶酒去找老朋友戴逵。然而坐了半夜的船，爬了半夜的山，走到戴逵门前，徽之想了想，却始终没有叩动门环，又转身走了回去。

按照重结果的实用主义观点来看，这是中国古代最"二百五"的故事——辛辛苦苦折腾大半夜，到了朋友家门口却不进去，简直是个傻子。

但是王徽之要的就是心里想着友人、眼睛看着风景的好心情，至于敲开门之后，既要解释来访的理由，又要顾虑好友是否正有同样的心情，还是算了。

后来颇有魏晋风度的苏东坡也有过一次差不多的经历，然后非常文艺地写了一篇日记——《记承天寺夜游》：

> 元丰六年十月十二日夜，解衣欲睡，月色入户，欣然起行。念无与为乐者，遂至承天寺寻张怀民。怀民亦未寝，相与步于中庭。庭下如积水空明，水中藻荇交横，盖竹柏影也。何夜无月？何处无竹柏？但少闲人如吾两人者耳。

苏东坡显然没有王徽之孤独的自由，硬生生地闯到张怀民屋子里把他拎了出来。

苏东坡也想做王徽之这样纯粹的人，只是他的抱负太大太多，闲庭信步只能是偶尔文青病发作时的随笔。后来的很多人也想学王徽之，于是有了各种各样的度假别墅、山林大宅。只是王氏的生活只能是庸常生活中的一次小憩，谁也不敢把整个生命交托给愉悦。好像不苦大仇深地逼一把自己，做出点也许微不足道的业绩，就对不起这一辈子。这个业绩就是王徽之不在意可别人非常在意的东西：结果。

家里信天师道，又从小跟和尚们混，王徽之早早地看到所有人最后的那个结果：死亡。既然生命到最后不是寂灭就是轮回，那么虚耗在自己不喜欢的事情上，只为了得到几句虚无缥缈的赞扬，不是一件很傻的事情吗？王徽之对于美和愉悦的追寻从来都是那么急切，急切得好像那是他可以做的最后一件事情。

在临死之前，一向满不在乎的王徽之终于显出悲伤的一面来。徽之和弟弟献之的关系非常好，不知道是不是上天的有意安排，在徽之病入膏肓的时候，传来噩耗：王献之病亡了。王徽之听到这个消息一滴眼泪也没流，只是淡淡地问："什么时候死的？为什么我一点都不知道？"他面无表情，家人恐慌，居然没有人敢劝阻卧病在床的徽之去奔丧。

奔丧也有规矩。吊唁的人要先在灵前大哭，还要一边哭一边跳脚，跳三下是规矩，然后逝者的儿子也要跟着哭。而后，客人要握住逝者儿子的手寒暄一下，互相慰问。但是到魏晋时，这套礼节就不怎么讲究了，先是有曹丕带着太子府的哥们儿在王粲的坟前学驴叫，后来又有阮籍死了妈照样又吃肉又喝酒。王徽之到了献之家，不哭也不跳，更不握孝子的手，径直坐到灵床上，抚起献之留下的琴来。古琴是个容易走调的乐器，每次弹之前按道理要调弦，但是徽之不管不顾地弹起来。歌不成歌，调不成调。失去至亲的伤痛全都在琴声里，这是只有徽之和献之能懂的默契。一曲弹罢，徽之像伯牙一样掷琴于地，大呼一声："献之啊献之！人和琴都亡了！"

悲痛之下，只过了一个月，徽之也亡故了。

王徽之和王献之是王羲之最小的两个儿子。献之老幺，自然最受父母宠爱。王献之是个乖孩子，平稳地做官，安静地做名士，既有名士的率性，又有当官的那种端着的劲儿。有次失火，徽之赤着脚赶紧跑出来，献之还在不紧不慢地穿衣服，让人把他放在肩舆上抬出来。有人说这是献之处乱不惊，将他和坐船遇到风暴、惊涛骇浪间依然神色安然的谢安相提并论。但人都怕死，处乱不惊除了胆大，更说明这人"装劲儿"十足。谢安的装劲儿是魏晋第一，王献之算是他的徒弟。对于做官的人来说，这是极好的品质。但是徽之不需要，他的爱恨是原始的，不需要巧饰。处乱不惊可以装出来，而原始的真诚是浑然天成，修炼不来。

后来的武侠大师写小说，总喜欢让男主角跳崖或者在半死不活之际为世外的高人、不食人间烟火的仙子所救，不过伤愈之后要不就是将世外高人也搅进江湖恩怨，要不就是救人的人反被追踪而来的仇家所杀。总之，在文人的梦里，侠客还有原始的拙朴，可是原始的拙朴常常不能善终，因为我们都明白，这种桃花源般的性情太过脆弱，稍一放纵就会伤害自己和家人。于是，当王徽之这样的人大喇喇地出现时，我们只能倒吸一口凉气，缓缓吐出一声赞：酷！

（摘自《读者》2019年第22期）

礼 物

郝明义

直到2003年10月之前，有人问起我成长过程中受益最大的是什么，我都会回答是两个因素。

第一个因素，是我遇到的老师。

我遇到好老师的幸运，要到自己也有小孩之后，才有深刻的体会。

在我大儿子上小学的时候，我深为他不像我那么喜欢数学而苦恼，就要他参加老师的家教补习。

有一天下午太累，我提早回家休息。睡梦中，被客厅里的一阵骚动吵醒。蒙蒙胧胧地听了一会儿，才意识到是老师带着一些同学，一起到我家客厅来上课了。

听起来上的是数学课，老师却以背国文的方式，叫学生回答一个个题目。在老师威严的口气下，我听出自己的孩子也夹在其中，闷声答了一题。

他们散去后，我问儿子是怎么回事。

他告诉我因为最近督学查得紧，所以老师说不能去她家里补习，只能轮流到各个同学家里补习，这样有人问起来的时候，起码可以理直气壮地回答，没有到老师"家里"补习。

由于我在房间里听了他们上课的情形，先不说我根本就想不通数学课为什么要用背国文的方式来教，一想到老师要伙同这么小的学生来玩这种不诚实的游戏，就一阵心冷。

我跟孩子说不补了。之后，他功课不论如何，我都没再要他找老师补习。

大家都说我们进入了网络时代，大家都在高谈知识经济里的各种教育方法。

时代与环境在千变万化，老师可以扮演的角色、利用的教材、教导的知识也跟着千变万化。跟着变化而变化，我们要学的东西，只怕即便从3岁开始上小学，一天有27个小时，也是应付不来的。

过去我们说，老师的使命是"传道、授业、解惑"。随着网络上的革命，老师的这三个使命也必将有重大的变化，属于教科书范围的授业和解惑，将大幅为网络所取代。

老师主要的使命将在"传道"。一方面是基本求知方法的"道"，一方面是做人基本道理的"道"——身教重于言教的人格之"道"。

回想我的老师对我的启发，其实只有三样东西。

一是面对环境与自我的勇气。

一是思考与表达自己的逻辑。

一是愿意阅读，自己寻找知识的能力。

在韩国华侨社会那个贫瘠的环境里，老师能利用的教材、工具都很简陋。如果说知识像一片海洋，我在釜山华侨小学和中学所得到的渔获，能不能和一个小池塘相比都大成问题。

可是我感激老师的是，他们所给我的，不是让我得到多少渔获，而是最基本的捕鱼技巧，以及面对大海的勇气。

他们教我的是生存的基本要件。

我经常提到受益良多的第二个因素，是朋友。

朋友让我有了开朗而毫不自卑的个性，甚至有一些过头的地方。

我可以讲讲生平第一次听别人当面叫我"瘸腿"的经过。

那是我大二放暑假回釜山时候的事。有一天，我和几个朋友约了在得克萨斯胡同喝酒。我去错了酒吧，叫了几声没看到人，正要出去，里座两位也是华侨中学毕业的学长要我过去一下。其中一位学长一本正经地拉下脸跟我说："郝明义，你知不知道，你是个瘸腿，怎么到处看你这么嚣张？我在台湾西门町就看过你咋咋呼呼的，怎么连来个酒吧也这么嚣张？你不知道你叫人看着很不顺眼吗？"

那天我没有生气，也没有觉得难过。想到自己的形象与气焰嚣张到如此令人生厌，能让那位学长气成那个样子，一方面觉得有趣，一方面也好奇自己怎么会"正常"得如此过头。

至于朋友在我成长过程中所给予我的一些实质性的帮助，就不在话下了。

到2003年10月之前，我从没谈过第三个因素。

由于我自己的成长背景与个性使然，很长一段时间，我不愿意承认自己是个"残障"，也不愿意和"残障者"之类的称呼扯上关系。

主要有两个原因。

第一个原因，就是我从根本上不同意"残障"的说法。我的基本想法是：人，各有不便。下肢不便要拄拐杖的人，和视力不好要戴眼镜的人并没有什么不同。或者换个比方，在篮球场上，和乔丹比起来，大多数人就算不拄拐杖，仍然不啻"残障"。"残障"应该是个相对的概念。

第二个原因，来自一次接受采访的经历。我和记者再三说明自己的观念，但是出来的文章，我还是成了一个"奋发向上，不为肢体限制所困"等等的"残障有为青年"。我实在不觉得自己有多奋发——我在工作上有什么成果，固然有努力在内，但也有运气在内，和"残障有为"并没有什么必然的关系。

我相信对于"残障者"最好的对待，就是不对待——没有歧视，也不需保障。"残障者"在社会里的出人头地或遭受淘汰，都是自然现象的一部分，不需被特别看待。我以不谈"残障"、不和"残障者"的活动扯上关系，来当作某种行动与声明。

然而，"残障者"的主要就业方向还是四个行业：按摩、算命、修钟表、刻印章。虽然根据法令，公私机构在一定规模以上不聘用"残障者"就得被罚款，但大家宁愿挨罚。

我觉察到自己的主张与行动可能陈义过高，太不现实了。

于是我决定贡献一点心力，每个月用一个晚上，去广青文教基金会当义工，和一些残障朋友聊天——聊读书心得，聊大家生活里碰到的事情。

这样持续了将近两年的时间。

于是，我发现，人生非快意所能尽言。

我们没有耶稣、老子、释迦牟尼的智慧，不过，我们可以相信时间。

时间，逐渐地，总会为愚钝的人一点点开启他能力所不及的思虑。

（摘自《读者》2013年第13期）

时间存折

聂鑫森

二十六岁的史力，突然一摸口袋，那个存折弄丢了。是掉在上下班的路上，还是遗落在他停留过的地方？天知道。

这个大红封皮的存折，存的不是钱，是时间，整整五十个小时啊，比钱还珍贵。

史力的老家在乡下，父母为了供他读书，真是吃尽了苦头。史力本科读的是汉语言文学专业，硕士阶段主修古典文学。没想到毕业后，找工作难于上青天，只好应聘去了一家文化策划公司搞文案工作。愤懑也罢，伤心也罢，他得先找个饭碗，再不能拖累家里了。好在公司在吉和山庄早买了几套三居室的房子，供未婚的青年员工居住，不收租金。一套房子住八个人，热闹得像集市，下班回来，打牌、看电视、聊天。史力对这些都不感兴趣，只想看看书，但看得进去吗？于是，他常趁夜色孤零零地在社区闲逛；若是下雨，就在亭、榭、长廊里呆坐。

有一天，史力发现吉和社区有了一家奇异的时间储蓄所。社区很大，几十栋楼，住了近三千人。老年人不少，其中一部分人或是子女不在身边，日常生活需要人帮助，或是孤寡老人，有病且寂寞。于是管委会倡导中青年人敬老爱老，利用休息时间到这些家庭去做义工，所花费的时间一笔一笔都记于存折，当自己需要时，则由其他义工来帮忙干活，谓之"领取时间"。

史力的业余时间太难打发了，于是申请去做义工，并领取了一个存折。储蓄所负责人告诉他："有位叫章文心的老人年过七十，原是本市江南大学中文系的教授，老伴十年前过世了，无儿无女，他要找一个懂行的年轻人帮他查找资料、听他说话。我们物色了好久，你是最合适的人选！"

在一个星期六的上午，史力打电话给章文心老人时，对方说："小史，你来吧，我扫榻以迎。"于是，他第一次去了五栋三单元六楼的章家。

门早已打开，清瘦的章先生满头华发，站在门边，把他引进客厅。"我在为你煮茶，你先参观一下这上下两层的复式楼，看可否入目？"

上下两层近200平方米的房子，除客厅、卧室、厨房、卫生间外，其他地方都立着成排的书架。书香如无形的波流在涌动，史力仿佛又回到了大学校园。

当他们面对面坐在客厅的长条茶案前时，章先生说："这是刚煮好的安化黑茶，请君一尝。"

"谢谢。"

"小史，你的硕士论文写的是什么呀？"

"是《论明人小品的艺术走向》。"

"这要读不少书啊，难得难得。张瀚的《松窗梦话》、屠隆的《考槃余事》、张大复的《梅花草堂笔记》、袁宗道的《白苏斋类集》、张潮的《幽梦影》……想必都入了君眼？"

"是的。我只是泛泛读过，没有深入地研究，很惭愧。"

"你虽离开大学，照样可以自学成才，只要吃得苦。'路漫漫其修远兮，吾将上下而求索。'何愁不成功。你叫史力，有字吗？"

"没有。"

"我给你起个字怎么样？就从屈原的《离骚》中取出'修远'二字。我名文心，字雕龙，取自《文心雕龙》。"

"谢谢雕龙先生赐字。"史力突然双眼涌出了泪水，站起来向章先生深鞠一躬。

章先生哈哈大笑。

正午了，史力这才想起什么事也没做，很内疚。

"不，你陪了我三个小时，我写个条子给你，你可去时间储蓄所，登记在你的存折上。"

史力小心地问："我什么时候都可以来吗？但是……下次来，你得安排我做事，做什么都行。否则，我就不敢来了。"

史力觉得日子过得充实了。业余时间他或者去章家，或者耳塞棉花在嘈杂的环境中看书。他每次去章家，先打扫卫生，再清洗章先生换下的衣服，然后为章先生查找资料，都干完了，一老一少坐下来喝茶聊天。

"修远小友，做学问必先从识字开始。"

史力愣住了，自己认识的字不少啊。

"自提倡简体字之后，很多字的识别便成了问题。如'帘'，本指酒家的酒幌子及用棉布做成的挡风门帘。以竹条做成的遮挡物，应是竹头下加一个'廉'字，李贺诗'帘中树影斜'，是竹编的帘，这才能从竹条缝中窥见斜斜的树影。"

"多谢先生教导。"

就这样，史力的存折上，有了五十个小时的记录。这个记录义工时间的存折，居然丢掉了！其实只要史力到社区管委会说明一下情况，补发一个存折再记上数就可以了。但他觉得毫无必要，章先生传授的做人、做学问的道理，才是他真正的积蓄。

三度寒暑过去了。史力在章先生的指导下，将当年的硕士论文，扩展成一本近二十万字的专著《明人小品的文化品格及个体生命潜能的释放》，由章先生推荐出版了。接着，章先生又慎重地写了推荐信，让史力到江南大学中文系去应聘当合同制教师，并告诉他："你一边上课，一边考博士，只要肯下功夫，你将来是可以留校的。"

史力说："先生对我有再造之恩！"

"不，更重要的是你对自己的再造！"

说完，章先生拿出一个红封皮的存折，说："这是你三年前掉在我这里的，之所以没有还给你，是想看看你会有什么反应。愿意做义工而领一个存折已属不易，但你掉了后不去要求补发，心很安详，说明连理所当然的那点报偿都淡忘了，是修德修文之所至。"

史力接过存折，翻了翻，除原有的页码之外，又加订了厚厚一沓，上面由章先生填满了他每一次做义工花费的时间。他合上存折，双手捧着递还给章先生，说："我做义工的时间，即是先生义务教诲学生的时间，只有您知道我有多少长进，还是由您保管吧。"

章先生说："好！"

自知与自胜

骆玉明

"知人者智，自知者明。胜人者有力，自胜者强。"老子《道德经》中这两句简短的格言，关系到人类生活中两个极其重要、古老而常新的问题。

先说"自知"。老子把"知人"和"自知"做了简明扼要的判别。所谓"知人者智"，是说了解他人，乃是智慧和能力上的表现；"自知者明"，是说了解自己，才是内心明澈的表现。换言之，必须克服某种障碍，才有自知的可能，否则，再多的智慧也不足以自知。

自知的障碍何在呢？老子没有再深入说下去。不过，在现代心理学的研究中，这个问题受到很大的重视，留下了极其丰富的资料。我们简化来说，就是人都有自我肯定的需要，这种需要同冷静的自我认识形成冲突，导致自我认识的能力不能发挥作用。

　　举一个日常生活中的例子：一位女性买了一件质次而价高的衣服，她其实已经很后悔了。但是，当别人指出这一点时，她却很反感；若有人说这件衣服其实还不错，她会自然地生出赞同。并不是她喜欢这件衣服，而是她不能够承认自己做了愚蠢的事情。再说西楚霸王项羽的故事，其实本质上也相通。项羽败于垓下，反复地说这么一句话："此天亡我也，非战之罪！"他能够笑对死亡，却不能够承认自己在政治和军事等方面不及刘邦。司马迁对项羽颇多同情，但对他的至死不悟，归罪于天，仍然指斥道："岂不谬哉！"

　　出于自我肯定的需要，人们常把理想的自我当作事实的自我，沉浸在虚幻的满足中。北朝颜之推的《颜氏家训》中引了一则故事，说并州有一士族子弟，好作诗赋，浅陋可笑。旁人有意嘲弄，虚辞赞美，他却信以为真，大摆酒宴，招延声誉。他老婆流泪苦劝，叫他不要出洋相，此人长叹说："才华不为妻子所容，何况行路！"这是个极端化的例子，但那种因为毫无根据的自负，而丧失真实地看待自己的能力的人，在我们每个人周围都不难看到。也许在不同程度上，我们自己也有这样的毛病。

　　牵涉到权力和利益的分配时，普遍的现象是，每个人都觉得自己应该占有较大的一份。倘因此而发生冲突，人们总是倾向于把过失归于他人，而认为自己有充分的理由。所谓"公平"虽是人所公认的原则，但在具体的事情中，许多人只承认符合自己需求的状态才是公平的。

　　关于"自知"的问题，可以有说不完的话。但仅通过以上简单的解析，我们也能够明白：在自知面前，有一层"自障"，所以老子说"自知者明"。其实，要达到自知，从道理上说也很简单：把"自我"与"他人"放在同等地位上看待，如此，用于"知人"的智慧和能力，也将在"自知"上发生同样的作用。只不过道理虽简单，要做到却实非容易。

再来说说"自胜"。顾名思义就是克制、战胜自我。老子也把"胜人"和"自胜"做了简明扼要的判别。"胜人有力",这很容易明白：能否战胜别人,完全看力量对比,力量大的便能取胜。战胜自己却不是表面的力量所能做到的,它需要一种内在的、根本意义上的强大。"自胜"比"胜人"更困难,是因为我们自身的人格缺陷以及恶劣的习性,都是根深蒂固的东西,是"自我"的构成因素。一个人性格暴躁,并不是他要这样,而是暴躁已经成为他对自己不满意的事物的自然反应。

《世说新语》中记载王述的故事,说王述吃煮鸡蛋,用筷子刺,不得,便发火把鸡蛋抓起来扔到地上；鸡蛋在地上团团转,他看了更气愤,于是用脚去踩；踩不着,大怒,索性从地上捡起鸡蛋放在嘴里嚼碎,再把它吐掉。这个故事把人受情绪支配的情形,描绘得淋漓尽致。当然,自胜虽然困难,但终究还是可能的。归根结底,人毕竟是理智的动物,能够塑造自己的人格。只是这种人格培养,需要很强大的内在力量罢了。

在另一种意义上,"自胜"可以理解为：在自我与他人的关系中,不必把注意力放在如何压倒别人、把自我与他人置于对抗的位置,而只需要关心如何发展自己、完善自己。这一层意义与前面所说的意义,其实是同一件事情的两面。人必须战胜自我的人格缺陷,才能谈得上发展和完善。

一般人说"胜"的时候,总是盯着某个对手,老子则认为这至多只能达到相比较的"有力",而不能达到真正的"强"。"自胜者强",这是一种更高层次上的"胜",也可以说是不胜而"胜"。在生活中我们确实可以看到：一个真正强大的人,不需要说自己胜过什么人；不把他人看作对手,人们自然而然地会承认他、尊重他。

老子所说"自胜"的道理,不仅适用于个人,同样适用于民族、国家。一个民族、一个国家，与其追求"胜人有力"，不如追求"自胜者强"，后者才是真正的、根本的"胜"。"五四"前后，以鲁迅为代表的先进知识分子，以激烈的态度攻击中国的所谓"民族劣根性"，以警醒国人，求得自救，也正是看到了这一点。

（摘自《读者》2021年第2期）

课堂上的题外话

张大春

　　我大学本科读的是中文系，当时的系主任王静芝先生在他亲授的大一"国学导读"课上，罕见地说过一次课外闲话。话题，就是20世纪70年代初期的一次特考。昔年招录从事涉外工作人员的特考作文题目是："诵诗三百，授之以政，不达；使于四方，不能专对；虽多，亦奚以为？"

　　这个题目出自《论语·子路》，翻译成白话文，意思是："一个人即使能够熟读《诗经》三百篇，若是委他以政务，却没有能力处理；派他出使外国，也不能单独做主应对；虽然读过的诗那么多，又有什么用呢？"静芝老师还苦笑着说："要是放在今天来考，外事部门大概一个人也招不到。"

　　特考命题如此，大约是希望，一个有志于从事涉外事务的人，应该有能力发表其"专对"的主张。跟外人谈判，毕竟不是语言沟通顺畅就能成功的。谈判者对自身立场所应坚守的权益，必须有极为深刻的理解和极为坚定的信念。于是，静芝老师说了一个清代末年的外交故事。

中日甲午战争之后，清朝对日本的开放，不得不扩大。每一次谈判都令那些科举出身的显宦巨公头痛不已，因为他们不知道"在国际上，我们应该拥有多少人格"。

清廷对日开放苏州租界的谈判就是一个例子。日本人要求在苏州开设商埠，这是迫不得已的事，问题在于开放什么地段让日本人经营——或者说盘踞。当时，日方的谈判代表叫珍田舍己，珍田衔命来苏，目的是要取苏州阊门以外的地区开埠。

阊门，早在春秋时代吴王阖闾时就已经开建。当时阖闾建城规模之大，即使在后世看来，也是极为壮观的一项工程。

日本人看上的阊门以外之地，是苏州的繁华地区，百姓商家世代居住于此，屋宇鳞次栉比；倘若把这块地方出让给日方，光是搬迁，就要引发很深的民怨。在清廷大臣看来，宁可把苏州城南边盘门以外的地区划归日方为租界——毕竟当时的城南不那么"膏腴繁华"，割之不疼也。

此时江南的大吏首属两江总督刘坤一，可是他奉诏入京觐见，一直没有在任上，张之洞署理南洋大臣、两江总督。收到江苏巡抚赵舒翘的公文，咨请干员来苏与日方议约，张之洞可就伤脑筋了。他知道，江南尽管出文人、学士，可就没出外交这个专业上的人才。左思右想之下，才有人向他推荐了一个人——黄公度，是个诗人。

黄公度，名遵宪，广东嘉应人，光绪二年（1876年）考中举人，科场资历仅止于此。但是，此人文名大，而且有出任清廷驻日本、英国使馆参赞的"涉外"经历。找上他，通俗一点说，不外是把一个烫山芋扔出手，张之洞并没有认真地考虑阊门、盘门有什么需要计较的。

珍田抵达苏州之时，已经得知清廷的谈判代表是黄遵宪，遂来到黄遵宪下榻之处拜访。黄遵宪让珍田吃了闭门羹，说："住家所在不是谈公事的地方，明天到巡抚衙门里谈吧。"

第二天，珍田依约来到抚衙，约略寒暄数句，话入正题，珍田立刻表示："我获得敝国政府训令，一定要取得阊门外的区域为租界，绝对没有迁就的道理；如果得不到阊门外的地区，马上下旗回国，不再开议。"

这番话简明扼要，而且日方的情报显然十分准确——他们早就知道清廷准备以盘门外地区作为谈判筹码了。所谓"下旗"，更是严厉威胁，说白了就是不惜断交的意思。黄公度静静地听着珍田的话，一副不置可否的神情。等对方把话说完，他才徐徐地说："我们今天在此间先办的第一件事应该是互换凭证。不换凭证，不能认定对方是外交人员——这是国际定例，绝对不要乱了套。我来苏州之前，已经取得了我国南洋大臣的札谕，另外呢，此间巡抚也有委派我来和贵使谈判的公文书。这两班文件，稍后我都会拿给贵使过目。贵使既然方才说有训令来谈判，那么贵使从贵国启行时，自然也应该有贵政府的训条了，何不先拿出来以便我们验证呢？"

说完，黄公度就从怀里掏出两封信札，搁在桌上，一语不发，就等着珍田拿出凭证来。

这一手着实大出珍田之意料，他吞吞吐吐了老半天，才嗫嚅着说："来时匆促，忘了带训条。您如果不相信，可以发电报给贵国驻我国的大使，向我国政府问询，就能确认了。"

黄公度立刻应声道："这是何等大事？贵使怎么可以忘记呢？您是外交人员，连这一点都不明白吗？如果真的拿不出训条来，您在此地就只有私人的资格，那么租地的事也就不是您应该过问的了。依照我个人的看法，还是建议您马上回国去领取训条，再到这里来开会。我在南京还有重要的差事，没有时间同您再做无谓的周旋。这样吧，我过一会儿就要上船启程，是不是等您回来的时候，我再专程去迎接？"

珍田受到这么两次打击，再也不敢像先前那么意气扬扬了。等到第二回与黄公度见面，珍田非但姿态放低了很多，连谈判的条件也放宽了不少，最后竟以盘门定议，且保全中国商民利益甚多。这一次谈判甚至影响到杭州方面的议约，日方的交涉员也不得不以相当大的程度让步了。

不过，黄公度有没有因此而获得赏识呢？

待复命于赵舒翘之际，黄公度所得不过是"辛苦了、辛苦了"寥寥数语。赵舒翘还私下跟他的幕僚说："我早就说过，不可以寻常相待。你们总是说我的话太过分了，现在如何？诸君试想，那珍田刚来的时候，我和诸君瘏口哓音，以礼相待，他却越发嚣张桀骜。这黄某人来了，不知道说了些什么鬼话，他反而贴然就范，一句话也不敢争执。说到这儿，话就不得不说回来了，像黄某这种人，万一哪一天身居要津，就算把全江苏都拱手送人了，也是神不知鬼不觉的事。这种人怎么可以让他得志呢？"

幕客们听到这种强词夺理的歪论，只敢窃笑，可谁又敢同巡抚大人争辩呢？

静芝老师由于家世亲近之故，对许多晚清人物都有着极为亲切的认识。静芝老师讲的这一则小故事，使得我了解的黄公度，不再仅仅是近代文学史上一个挂在"同光体"之下的诗人的名字。我永远不会忘记，说完这段小故事之后，静芝老师还说："要是有人能把这一段往事拍成电影、戏剧，一定会比蔺相如难秦王还要精彩！"

（摘自《读者》2021年第13期）

生活没有现成的解题公式

谭洪岗

彼得潘，是小飞侠童话故事里不愿长大的小男孩。不愿长大，是想留住孩童的纯真与无忧无虑，唯恐一旦进入成年人的世界，便会失去纯净无染的童心。

生活在现实世界，迟早要经历长大成人的过程，只不过多数人是磕磕绊绊逐渐长大的。韩国电影《彼得潘的公式》里，男主角韩修却因遇到突发变故而迅速长大。读高三的韩修是学校里的游泳好手，有潜力，有前途，他的生活原本简单无忧，在海滨小城跟妈妈相依为命。然而，妈妈忽然服毒自尽，遗书里说自己内心痛苦空虚，实在撑不下去了。自杀未遂的妈妈躺在医院昏迷不醒。韩修一夜之间成了一家之主。有债主登门逼债，还骂他"私生子"。他按妈妈遗书上的地址找到了亲生父亲，可生父有自己的生活，不愿与韩修相认。

　　短短几个月发生这么多事，对于一个十八九岁、还没完全长大的男孩子来说，的确太残酷了。不过细看韩修的反应，你会发现，每个人都能承担他的命运。内心的力量能否展现，取决于你肯不肯及早面对。

　　遇到突如其来的变化，韩修也会震惊、不适应。在医院里陪着昏迷的妈妈说话、照顾她时，或许他心里也盼望这一切没有发生，盼望奇迹出现，妈妈明天就会醒过来，回到以前的生活。然而，不管情不情愿，他还是迅速放弃了游泳比赛，考虑退学；为了挣一点钱到码头打工……在行动上，先尽力去撑起这个小家。

　　那是世事奇妙的一面。变故来临时，你若只是哀叹人生残酷，苦苦思索为什么会是我，质问上天为什么这样的灾难会砸在我的头上，一边想不通，一边拼命退缩到角落哭泣……所有这些躲闪逃避，只会令你认定世界不安全，你所拼命抗拒的世事无常，也会更加如影随形。相反，如果你不浪费时间逃避，只是迎难而上、尽力面对，那么，压不垮你的一切都可以让你变得更强大——因为，每个人内在所蕴藏的潜力之大，超乎我们自己的想象。

　　十几岁的少年，仍留着儿童时期的稚嫩，不是那么容易就能挑起生活的重担。韩修去寻找生父时，多少会盼望有人帮他分担，向往从未在他生活中露过面的父亲，能像个真正的爸爸那样，帮他遮风挡雨。然而，当他明白生父的态度，青少年身上那股血气方刚的倔强不服输，立刻被怒火点燃。他当面烧掉了证实两人血缘关系的亲子鉴定，头也不回地转身离去。

　　韩修没有抱怨他的青春为何这样残酷。这段旋风一样变幻的日子里，只有在年长他许多的女邻居身上，他能感受到母性的温柔，暂时忘记妈妈生死未卜的悲伤迷茫。然而女邻居的家人婉转地来提醒了他，韩修自己也知道这段感情不宜维系下去，遂毅然放弃。即便那伤心悲痛令他在海滨游泳时险些溺水。

内心脆弱时有意无意寻找精神上的依托，喜欢上近邻，这可以在任何年龄段的人身上出现。明白感情不可持续时断然放下，那是心智正在走向成熟的标志。

一次又一次找寻，一次又一次受挫，并不表示人生苦难重重。一条路没有走通，有时只意味着，这条路本来就无法通往你要的幸福，这条路原本就承载不起你真正的心愿，越早认清此路不通，你越有机会调头，去寻找真正能走通的路。

曾读过一则寓言，一位国王想找一句最有哲理的话刻在戒指上，来时刻提醒自己清醒地活着。全国最聪明、最有思想的臣民们，最终找出的那句话是：这也会过去。是的，富贵贫穷、顺境逆境，一切变化和经历都会过去，当你有一分清醒，能够承载，那么，什么样的经历，都无法阻挡蓬勃的生命力绽放开来。

无论年少的韩修是否想得这么明白，片尾，当他像鱼一样在海里灵活游动时，必定亲身感受到了与大海融为一体的安心。在海边畅游几小时后，蓄积许久的压力全都被释放掉，交给了大海……当一个善泳者能感受到大海的广阔和无限，进而让那份无限感、开阔感融入内心，那还有什么生活变化会承载不了呢？

心宽时，出路自然变广。我们并非只能在童年的纯真和成人的圆滑世故中二选一。真正的成长，可以既有孩子的纯真纯粹，又有成人的负责与担当。当你停止抱怨生活的不如意，拿出勇气直面时，才会知道，那都是为了成就你而来。

（摘自《读者》2016年第5期）

戏与梦

林清玄

一位在电影中演绎了许多完美爱情故事的女明星，现实生活中的感情却一再受挫。

接受采访时，她感慨地说："演了这么多年的戏，没想到演自己是最辛苦、最失败的。拍戏时可以根据剧本安排的情节来演，但是演自己时，却没有现成的剧本，没有彩排，也不能重拍，一旦演坏了，就要承担所有的责任。"

因此她说："演别人容易，做自己难。"

读了这篇报道，我的感触很深。大凡世事皆是如此：旁观者清，当局者迷；站在岸边时容易客观，身陷洪流时就会迷乱了。在现实社会中，可能心理学家比一般人有更多的心理郁结，而专门为人解答爱情、婚姻问题的人，自己的爱情与婚姻可能一塌糊涂。

由于真实人生没有剧本，不能彩排，不能重来，所以最要紧的是活在当下，承担此刻的责任，让每一天都处在最好的状态，那么结局即使不完美，过程也没有遗憾了。

世事离戏只有一步之远。人生离梦也只有一步之遥。

生命中最有趣的部分，其胜过演戏与做梦的地方，正在于它没有剧本，不能彩排，不能重来。

生命中最有分量的事，正是我们要好好做自己，承担起该承担的责任。

（摘自《读者》2016年第3期）

最后一堂语文课

德川咪咪

"关于高考，你印象最深刻的是什么？"

真奇怪，看到这个问题的时候，我想到的是高考前最后一堂语文课。

那时，已是初夏，暖风熏人，各科的考卷多如牛毛。复习课统统成了答疑课，我不听课，借来同学的手机玩泡泡堂。不听课的同学占多数，除了打游戏，也有人睡觉、聊天、自顾自地复习。老师也不管我们，自顾自地讲课。

在那堂语文课上，我偶尔抬头，看到一道阳光将教室一分为二，光柱下有点点碎尘，老师就站在这碎尘之中。她不紧不慢、娓娓而谈，每一粒碎尘都炫目地飞扬着，构成了我高中生活最后的图景。

老师正在分析一篇现代文阅读理解题。这是我在学生时代看到过的最奇怪的一篇文章，开头便是：

　　我登上一列露天的火车，但不是车，因为不在地上走；像筏，却又不在水上行；像飞机，却没有机舱，而且是一长列；看来像一条自动化的传送带，很长很长，两侧设有栏杆，载满乘客，在云海里驰行。

　　这段文字句句带着隐喻，仿佛梦呓，作为阅读理解题，让人抓狂。老师问："你们有谁看懂这篇文章了吗？"

　　回应者寥寥。当她的目光扫过我时，我赶紧摇头，她便微笑着说："我不指望你们能看懂，但我非常喜欢它。"

　　于是，在我高考前的最后一堂语文课上，我的老师倚着讲桌，从杨绛的这篇《孟婆茶》开始，散漫地与我们谈生死。她说，那是一列通向死亡的列车，我们每个人终会登上它。她讲钱瑗和钱锺书的先后离世，"不要害怕死亡，在漫长的生命中，生和死会交换位置，死亡变轻了，而活着才是最沉重的事"。在最后的铃声响起来之前，老师说："我希望各位能在高考中取得好成绩。但我更希望，当你们背负着越来越沉重的人生往前走时，依然不会失去感受幸福的能力。"

　　很多年后，我试图回想起当时听到这些话时的心情……我大概是"哼"了一声吧。整个高中阶段，我都觉得，这个语文老师是一个情感细腻得过头的人，总是将生老病死挂在嘴上，总说一些死呀活呀的话，让当时的我很不耐烦。那年我18岁，"中二"倔强、充满朝气、自以为是，死亡对我来说，是一件无法想象的事情。而活着，又怎么可能变成一件沉重的事情呢？

　　半个月后，高考的最后一门结束了。在走出考场的路上，我看到她和其他老师一起，站在门口送考。人群如潮，我们只有匆匆一会。她见我喜上眉梢，便问："考得不错？"

当时我点着头，心里想，这一天终于来了，我终于能够抛开过去，抛开那无聊的、课业繁重的每一天。我满心骄傲地计划着：从今天起，我要为了自己的理想快乐地生活。

多奇怪，那么多年过去了，当我回忆起高考时，关于考场的种种印象均已模糊，我只想到了老师在最后一堂语文课上说的那些话。很多年以后，我开始多多少少明白了其中的意思：高考前的人生轻薄如纸，越往后走，生活才越显出复杂与沉重的本来面目。如果有一天我们再相见，我一定要问她："究竟怎样才不会失去感受幸福的能力？"

可惜我不会再有与她倾心交谈的机会。2012年年初，我的老师于春秋鼎盛之年因病逝世。

在她的追悼会的前一晚，我梦见自己回到高中，穿过人来人往的校园，紫色的花瓣像蝴蝶一般停留在我的肩头，又翩翩而去。我看到老师在人群中出现了，带着微笑，许多学生走上前揽住她，她们并肩走一段，然后又分手。而我在不远处凝望，偶尔她看向这里时，我就招招手，可她并没有回应我，然后在斑斓轻柔的风里消失了。

第二天，我去送她，所有学生都传看着她生前的最后一封信，信里写道："从知道得病至今，我一直坦然和平静。我总是想，人不能只允许自己遇到好事，不允许自己遇到坏事。当不顺或困境找到我时，我会反问自己，为什么不可以是我？于是就能平静地去面对。"

那天，我看着这几句话，用袖子擦着泪水，却越擦越多。

如今，距离老师去世竟然又过去了3年。每当夜深之际，想起她留下的这些话，我的眼泪依然会夺眶而出。老师啊，倘若你我还会相逢，大约会是在那辆"在云海里驰行"的列车中了，我并未辜负你"在高考中取得好成绩"的第一个希望，想来也不会辜负你的第二个希望：背负着沉重的人生向前走时，依然不会失去感受幸福的能力。

（摘自《读者》2021年第13期）